実は、拙者は。

白蔵盈太

双葉文庫

秘剣、隠密（おんみつ）、裏稼業。
影と忍びは江戸の華（はな）。
やけに気さくなその人は、
実は高貴なあのお方。
江戸の町は、決して人に知られてはならぬ裏の顔であふれている。

目次

実は、拙者は。

第一章　実は、それがしは。

一

「ああ、案外遅くなっちまったなぁ。早く帰らねえと木戸が閉まっちまう」

棒手振り（ぼてふ）の八五郎（はちごろう）は、そんな独り言をブツブツ言いつつ、別に急ぐでもなく提灯（ちょうちん）片手に夜道を歩いていた。桜も散り、そろそろ木々に若葉が芽吹き（めぶ）はじめる季節だが、宵（よい）五つ（午後八時頃）ともなると外はまだ若干肌寒い。

亀戸（かめいど）の知り合いを訪ね、ちょいと一杯ひっかけて深川（ふかがわ）の長屋に帰るところだった。八五郎は齢（よわい）二十二、まだ直（ただ）ちに身を固めねばと焦（あせ）る歳でもなく、妻子を持たぬ気楽な身の上である。

天秤棒（てんびんぼう）を担（かつ）いで青菜（あおな）を売り歩く、棒手振り稼業の実入りは少ないが、自分一人が食っていくだけなら多少の酒手（さかて）も手元に残る。大店（おおだな）に奉公に出て、毎日番頭の顔色を窺（うかが）ってびくびく暮らすような人生よりはよっぽどましだと、いまの気ままな貧乏暮らしを八五郎はそれなりに気に入っていた。

そんな八五郎が、半刻（約一時間）ほどの道のりをほろ酔い気分で鼻唄交じりに歩いていたら、人通りの少ない辻の先から、男どもが何やら大声で騒ぐ音が聞こえてきた。

「なんでえ。こんな夜中に喧嘩か？」

声の人数は五、六人くらいだろうか。厳めしい言葉遣いからいって、この先で揉めているのはおそらく町人ではない。おおかた浪人同士の諍いといったところか。だとしたら触らぬ神に祟りなしで、見なかったふりをして素通りするに越したことはない。

だが、酔っぱらって気持ちが大きくなっていた八五郎は、むくむくと湧いてくる野次馬根性をどうしても抑えきれなくなった。それで、思わず塀の陰に身を隠し、ひょいと頭だけを出して声のするほうをのぞき込んだ。

わずかな月明かりを頼りに八五郎が目を凝らすと、その先で六人の侍と一人の浪人風の男が対峙していた。

侍たちは全員が仕立てのよさげな羽織を着ている。その身なりからいって、どこその大身の武家の一行であろうことは一目でわかった。中央にいるのがおそらく主人で、その主人を守るように五人の供回りが抜刀して扇の形に並んでいる。

　それに相対するは、月代の伸びきっただらしない浪人髷を結った、着流し姿の痩躯の男。刀を下段に構えたその姿はまるで古柳のようで、いかにも不気味だ。

　そして、その不気味さをさらに際立たせているのは、男が顔に着けている黒漆塗りの面頬だった。

　恐ろしげな面頬に隠されて、浪人の目から下の表情は見えない。ギラリと鋭く光る目玉だけが、暗闇の中で静かに侍たちを睨みつけている。浪人は幽霊のようなおどろおどろしい声で、侍の集団に声をかけた。

「抜け……刀を抜け……」

　主人と思しき中央の侍だけが、まだ刀を抜いていない。供回りの一人が鋭い声で不気味な浪人を怒鳴りつけた。

「面妖な奴め！　こちらのお方を、市橋伊勢守様と知っての狼藉か！」

「抜け……刀を抜け……」

「問いに答えよ無礼者！　さもなくば斬るぞ！」

「抜け……刀を抜け……」

浪人はさっきから同じことしか言わない。なにやら魂のこもっておらぬ木偶のようで、実に気味が悪い。とうとう主人らしき侍が、辛抱できなくなって周囲に号令をかけた。

「ええい、不気味な奴じゃ！　皆の者、構わぬ。斬って捨てよ！」

その声と同時に、五人の供侍たちが叫び声を上げて一斉に浪人に飛びかかる。侍たちの踏み込みは鋭く、剣術の心得のない八五郎が素人目に見ても、とても避けられそうにない練達の一撃のように見えた。

だがそのとき、摩訶不思議なことが起きた。

浪人が、まるで五人の侍たちがどう動くのかを先に知らされているかのように、わずかに体をひねるだけで強烈な踏み込みを易々と躱したのだ。

そして、下段に構えた刀を摺り上げて侍の一人を斬りつけたが、その斬撃はまるで撫でるかのように、ゆったりと滑らかなものだった。次の刹那、その奇妙な斬撃を食らった侍は、腕から鮮血を飛び散らしてその場にうずくまる。

浪人は返す刀でもう一人の侍の脛を、これまた優しく、書の達人が静かに筆を振るうかのごとく悠々と薙ぎ払った。これだけゆっくりした斬撃ならば簡単に躱せそうにも見えるが、相手はなぜか一歩も動けず、あっさりと斬られてその場に崩れ落ちる。

あっという間に二人の仲間が倒されたことで、侍たちは思わず怯んで少し距離を置いた。

「抜け……刀を抜け……」

相変わらず、浪人はそれしか言葉を発しない。黒い面頬で隠されたその下の表情がどんなものかがわからないので、まるで幽霊のように不気味だ。

その闘いを物陰から見ていた八五郎は、思わずごくりと唾を呑み込んだ。

「間違いねえ、ありゃあ噂の『鳴かせの一柳斎』だ」

いま、江戸中の話題をさらっている謎の幽霊剣士、それが「鳴かせの一柳斎」である。

一柳斎は夜中、裕福そうな侍を見つけては行く手を阻み、刀を抜けと迫る。その剣は捉えどころがなく、刀を下段に構えてゆらゆらと切っ先を動かす様子がまるで柳の枝のようであることから、誰が呼ぶともなく「一柳斎」の名がついたのだった。

その太刀筋は一見するとゆっくりで、撫でるように柔らかであることから、傍

目で見ていると簡単に受けたり避けたりできそうに見える。だが、実際に一柳斎と闘った者は口を揃えて、

「気がつけば斬られていた」

と言った。

金持ちの侍は当然ながら、腕の立つ供回りを身の回りの警護のためにぞろぞろと引き連れて歩いている。それなのに、そんな屈強な供回り複数人を一度に相手にしながら、一柳斎はこれまでただの一度も敗れたことがなかった。それどころか傷のひとつも負ったことがない。

「ゆるゆるとした足さばきで、決して動きも速くないのに、なぜか何度斬りつけても刀が当たらない」

これも、一柳斎と闘った者たちがしばしば証言することだ。

そして一柳斎は、警護の者たちを死なぬ程度に傷を負わせたり、峰打ちで気絶させたりして闘えぬようにしてから、狙いをつけた侍に改めてこう尋ねるのだ。

「抜け……刀を抜け……」

——不気味な黒漆の面頰に、古柳のごときめっぽう強い剣。どう見てもあの男

は「鳴かせの一柳斎」だ。ということは、次は……。

八五郎は無責任な野次馬根性で、事の成り行きを物陰でわくわくしながら眺めていた。そうこうするうちに、一柳斎はあっという間に警護の者たちを片付け、市橋伊勢守と呼ばれていた裕福そうな侍に改めて抜刀を迫っている。

「さあ、鳴くか？　鳴かぬか？」

八五郎は固唾を呑んで、期待のこもる目で見つめながら一柳斎の次の言葉を待った。一柳斎が「鳴かせの一柳斎」の異名を取るのは、この後に見せる奇妙な行動にあるからだ。

「ええい！　不届き者め！　斬り捨ててくれる！」

市橋伊勢守が激昂して刀の柄に手をかけ、鯉口を切った。だが、五人の供回りをあっという間に倒した一柳斎のとんでもない腕前を目にして、市橋伊勢守の顔には、八五郎でもはっきりとわかるほどに焦りの色が浮かんでいた。

すらり、という鞘走りの音と共に市橋伊勢守の刀が抜かれる。白刃が月光を受けて妖しく煌めいた。これほどの身なりの侍であるからには、この刀もどこぞの名工が鍛えた、ひとかどの業物に違いない。

だが、その様子を見た一柳斎はがっくりと肩を落とし、ぼそりとつぶやく。

「鳴かなんだか」

八五郎はその様子を見て「おお！」と思わず感嘆の声を漏らした。読売や噂話で面白おかしく語られていた、まさにそのとおりの台詞だ。

「鳴かせの一柳斎」は、理由はまったくわからないが、とにかく相手の刀が「鳴く」かどうかを試すのである。刀が鳴くというのがいったい何を意味しているのかも謎だが、鳴かなかったとすると、次に飛び出すのは例のあの台詞に違いない。

「去ぬか？　死ぬか？」

期待どおりの名文句に、すげえ、と八五郎は思わず手に汗を握った。

一柳斎は狙いをつけた相手に刀を抜くことを迫り、抜くと「鳴かなんだか」と残念そうにつぶやき、その後は黙って去るか、踏みとどまって闘うかを相手に選ばせる。黙って去れば、一柳斎は決して危害を加えない。

とはいえ、郎党をことごとく倒され、一人残された主人が闘わずに去ったとあれば武門の恥である。

それゆえ、逃げ去った者は一柳斎と出会ったこと自体をひた隠しにするのが常であった。それでも秘密は必ずどこからか漏れるもので、どこそこの家の何某という侍は一柳斎と闘わずに逃げたらしい、といった噂が、いくつかの大名家の重臣や旗本らに対して、まことしやかに囁かれていた。

今日の獲物である市橋伊勢守は、己が身よりも名を惜しんだらしい。

「おのれ曲者、許すまじ！」

そう叫んで怒気を発すると、刀を青眼に構え、全身に気迫をみなぎらせてじりじりと間合いを詰めていく。

八五郎は剣術のことはさっぱりだが、それでもこの市橋という侍が放つ剣気は尋常ではなく、かなり腕が立つと一目でわかった。最近では一柳斎のとんでもない強さがすっかり噂になったことで、勝負を避ける者が増えている。市橋伊勢守が逃げずに闘おうとしたのは、それだけ己の腕前に自信があるということなのだろう。

それに相対する一柳斎は、柳の古木を思わせる細身の体に一切の力みはなく、下段に構えた切っ先は相変わらずゆらゆらと左右に揺れている。

「はあっ！」

先に仕掛けたのは市橋のほうだ。

鋭い踏み込みは、さながら兎に飛びかかる虎のごとく、八五郎の目ではその動き出しを捉えることすらできなかった。だが一柳斎はひとつも慌てることなく、すっと体を開いてその一撃をいなした。

必殺の踏み込みを躱された市橋が、すかさず向きなおって再び刀を青眼に構えようとした、そのときだった。

八五郎は己（おの）が目を疑った。

市橋の右腕が音もなくだらりと下がり、構えていた刀を取り落としたのである。

市橋は苦痛に顔を歪（ゆが）めながら左手で右腕を押さえ、がくりと地面に膝（ひざ）をついた。

「な……何をしたんだ一柳斎は？」

市橋は苦悶（くもん）の表情を浮かべたまま一歩も動けない。いつの間にか、一柳斎に右腕を斬られていたのだ。

だが八五郎が見る限り、一柳斎は左足を引いて、市橋が繰り出した鋭い突きを避けただけである。そのときに一柳斎の刀が何となく動いたような気もするが、一瞬のことでよく見えなかった。

一柳斎は、市橋伊勢守がもはや戦意を失ったことを見届けると、懐紙（かいし）を取り出して刀の血を拭（ぬぐ）い、鞘に納（おさ）めると何ごともなかったようにその場を後にした。

一柳斎が自分のほうに向かって歩いてきたので、八五郎は慌てて物陰に隠れ、息をひそめて気配を殺した。すると一柳斎は隠れている八五郎に気づくことなく、そのすぐ横を通り過ぎて夜の闇に消えていった。

一柳斎が去った後も、八五郎は驚愕のあまり動悸が止まらず、しばらくその場を動くことができなかった。

八五郎の驚きは、もちろん噂の一柳斎の闘いを直にこの目で見たということもあるが、それよりもまったく別のところにあった。

「面頬で顔を隠していたけど、あれ、どう見ても隣の部屋の雲井の旦那だよな。なんで旦那が、鳴かせの一柳斎なんてやってんだ？」

二

八五郎は深川佐賀町の裏店、市蔵店に独りで住んでいる。

安普請の長屋の板壁は、隣部屋の閨の睦言がまるまる筒抜けになるくらいに薄っぺらい。なんとも心細いその壁を隔てて、八五郎の隣の部屋に住んでいるのが雲井源次郎である。

源次郎の歳の頃は三十ばかりだろうか。三年ほど前に越してきた貧乏浪人で、かつては位の高い幕臣に仕えていたが、わけあってその家を去ることになり、浪人に身を落としたのだと聞いた。

そのときによほど辛いことでもあったのか、源次郎は己の過去を詳しくは語ろうとしないので、仕官していた頃の源次郎がどんな侍だったのかはよくわからない。だが少なくとも現在は、月代をだらしなく伸び放題にして無造作な浪人髷に結い、無精髭もほったらかしの自堕落な暮らしぶりである。

鳴かせの一柳斎を目撃した翌朝、八五郎は部屋から出てきた源次郎に声をかけてみた。

「旦那、昨日はずいぶん戻りが遅かったじゃないですか。ちょっと一緒に一杯やろうと思って部屋をのぞいたら、町木戸が閉まる刻限なのにまだ戻ってねえから心配しましたよ。いってえ、どこ行ってたんですか」

「それはすまなんだな。昨晩は野暮用でちと遠出しておったゆえ」

そう言ってボリボリと頭を掻く源次郎は、どこからどう見ても風采の上がらぬただの素浪人である。伸びた無精髭に覇気のない眠そうな目。これが、昨晩六人の侍を相手に圧倒的な強さを見せた、あの鳴かせの一柳斎と同一人物とはとても思えない。

だが、八五郎は知っている。

いつも着ている紺縞(こんしま)の着物とよく似ているが、今日の源次郎の着物は昨日と少しだけ柄(がら)が違うことを。そして今朝の源次郎は夜明け前にこっそり起き出して、あちこちに返り血を浴びた着物を一人で静かに洗っていたということも。

「じゃあ、今晩こそは空けといてくだせえよ。辰三(たつぞう)親方も呼んできて三人で飲みましょうや。酒は俺が買っとくんで、旦那は肴(さかな)をお願いします」

「お気持ちはありがたいが八五郎殿。それがしのような貧乏浪人には構わず、辰三殿とお二人で――」

八五郎は、少しだけ困ったような顔をして遠慮する源次郎の肩をバンバンと叩き、笑いながら言った。

「なにを言ってんでェ雲井の旦那。あんたの昔に何があったのかは知らねえけどよ、いいかげん水臭(みずくさ)いのはやめねえ。そりゃまあ、あんたは侍で俺は町人だよ。でも身分が違ってようが、同じ長屋、同じ町内に住んだら家族も同然。それがこの深川の流儀ってもんだ。家族が一緒に飯を食うのは当然のことじゃねえか」

「いや、でも、それがしなどが加わっては、せっかくの楽しい――」

「あーもう、またはじまったよ、旦那のいつもの病気が」

八五郎の人生に、遠慮などという言葉は存在しない。

「安心しなって。あんたは無口でぶっきらぼうだけど、根は温かい人だって近所のみんなもちゃんとわかってんだからさ。じゃ、今晩酒持ってそっち行くから、よろしくな！」

源次郎の都合など一切お構いなしで、八五郎は勝手に約束を決めてしまった。源次郎も毎度のことでもう諦めたのか、それとも心の中では感謝しているのか、困ったように眉をしかめつつ、ほんの少しだけ嬉しそうに苦笑した。

市蔵店に越してきた頃の源次郎は、目が虚ろで生気がなく、まるで死神のようにげっそりと痩せこけていた。最初のうちこそ月代も剃っていて身なりも小ぎれいにしていたが、日がな一日部屋に籠もりきりで世捨て人のように人を避けているうちに、髪も髭もあっという間に伸びてしまった。

当時の源次郎は、いつも眉間に皺を寄せて決して笑おうとはせず、近所の者にろくに挨拶もしなかった。だが、根っからのお節介焼きで、人は持ちつ持たれつが当たり前だと信じて疑わない深川の連中を相手に、そんなよそよそしい態度が通用するわけがなかった。

源次郎がどれだけ迷惑そうな顔をしようが、八五郎や近所の連中は、やれ夕餉を作りすぎたからどうぞだとか、あぶく銭が入ったからみんなでパアっと飲みに行くぞとか、戸も叩かずにずかずかと部屋に乗り込んできては、源次郎を勝手に仲間に加えている。

源次郎は最初の頃、心底迷惑そうな顔をして、

「それがしは道を外れたはぐれ者。長屋の方々にご迷惑をおかけするわけにはまいらぬゆえ、そのようなお気遣いは無用にござる」

と言ってその余計なお世話を頑なに拒んだものだが、そんな態度は半年も持たなかった。

人は人に頼るもの、近くに人がいたら誘って一緒に楽しむもの、というのが深川の流儀である。

その性根が沁みついているこの町の者たちは、そもそもこの世には当時の源次郎のような、ずぶずぶの人付き合いを面倒に思う者も存在するということを知らないのだった。だから、いくら拒んだところで誰もが蛙の面に水で、そもそも源次郎に拒まれたことすら気づいていない始末だ。

とうとう源次郎も根負けして、ありがたくお節介を受けたほうがむしろ手間がかからないと気づいたか、黙ってこの地の流儀に染まることにしたようである。

近所の連中も皆、一見よそよそしいが、受けた恩は後できっちりと返す律儀な源次郎に好意を抱いていた。

そして八五郎は、素直ではないが冷たくもなりきれない、そんな源次郎の人間くさいところが大好きで、部屋がすぐ隣ということもあって特に仲良くつるんでいたのである。

そうやって仲良くしてはいたが、源次郎はどこか謎めいた男であった。

八五郎は、夏の暑い盛りに源次郎が水浴びをしているのを見たことがあるが、源次郎の背中には、バッサリと袈裟懸(けさが)けに斬られた大きな古い刀傷がある。そもそも来歴がよくわからぬ男でもあるし、八五郎としてはこの傷について一度源次郎に聞いてみたいと思っているのだが、なんとなく触れてはならぬような気配を感じて、ずっと聞けずじまいでいる。

それに源次郎は、他の浪人たちのように傘張(かさは)りの内職などに精を出すこともなく、普段は日がな一日ゴロゴロしている。

かといって店賃(たなちん)が滞(とどこお)るようなこともないので、いったいどうやって生計(たつき)を立てているのかずっと謎だったのだが、どうやらときどき、町のやくざ者に雇われて泊まり込みで用心棒をしているらしい。そう言われてみればたしかに、源次郎はふらりと半月ほど長屋を留守にすることがあった。

「用心棒に雇われるということは、それなりに腕が立つとは思うんだが、旦那を見てると、とてもそうは見えないんだよな……」

毎日剣の稽古をするでもなく、次の仕官の口を探すでもなく、源次郎はまるで猫のように毎日を無為に過ごしている。そんな源次郎が剣の達人だというのはにわかに信じがたいことだが、柳の木のような細身の体と粗末な着流し姿から漂う雰囲気は、まさに八五郎が昨晩目にした「鳴かせの一柳斎」そのものだった。

――鳴かせの一柳斎、またもや江戸市中を騒がす。

今日も刀は鳴かず、旗本なにがし何某守斬られる――

八五郎が一柳斎に出くわしたのは三日前の夜中なのに、その話はもう読売に刷られて、遠慮なく江戸中にばらまかれていた。記事ではさすがに市橋伊勢守の名前は伏せられていて、斬られた日と場所しか書かれていない。

だが、それだけあれば噂の種としては十分すぎるほどである。たまたまその場に居合わせた者たちが、自分が見たことを得意になって言いふらすものだから、斬られた者がどこの誰であるかはすぐに突き止められ、あっという間に広まってしまう。

普段は偉ぶっている裕福な侍たちが無様に斬られて恥を晒す様子は、江戸の庶民たちにとっては溜飲の下がる格好の娯楽だ。ご公儀の手前、表向きには誰もが一柳斎を怖れ、忌み嫌う素振りをしているが、この幽霊剣士は帯刀しない町人を絶対に襲わないこともあって、陰では皆が喝采を送っていた。

——さあ、一柳斎はいったい次に誰を斬るのか。

幕府の高官の中には、民をいじめて私利私欲を貪る悪逆の者たちが少なからず存在する。例を挙げるならば、少し前に勘定奉行に成り上がった蓼井氏宗などは常に黒い噂が絶えない。名君との誉れ高い徳川吉宗の治世になって以来、昔と比べればだいぶその数は減ったとはいえ、それでも人の世から悪が一掃されることはなかなかに望みがたい。

——あーあ。一柳斎が蓼井みてえな非道の輩を斬ってくれねえかなあ。

人々はそんな、決して叶わぬ妄想を語ることで、思うようにならぬ日々の鬱憤を晴らしていた。そして、そんな庶民の隠れた願望を煽りたてるようなことを、読売は盛んに書き立てるのである。

金のない八五郎は、普段は読売などまず買わないのだが、今日ばかりは大通りで売り子が節をつけて読み上げているのを聞いて、思わず買い求めてしまった。

「あら、八五郎さんが読売なんて珍しいわね。字は読めたの」

後ろからいきなり明るく声をかけられ、振り向いた八五郎はどぎまぎしながら答えた。

「馬鹿にしないでくれよ、浜乃ちゃん。俺だって多少は読み書きの心得はある」

「今日の話は何？　へー、鳴かせの一柳斎がまた出たのね」

そう言いながら無遠慮に手元をのぞき込んできたのは、近所の長屋に住む浜乃という十九歳の娘だった。

読売に夢中になるあまり、浜乃の顔が図らずも八五郎の顔にぐっと近づく。八五郎は途端に、胸がぎゅっと締めつけられるような心地になった。

「それにしても、もう何人とも闘っているのに一度も負けたことがないなんて、本当に人なのかしら、この一柳斎って人」

「え？　人じゃなかったら何なのさ」

「幽霊とか、鬼とか。だって不気味じゃない？　何を問いかけても『抜けェ……刀を抜けェ……』としか言わないんでしょ？」

「まあたしかに、幽霊みてえではあるなァ」

本当は雲井の旦那なんだけどな、と思いながら八五郎は話を合わせた。

「私、思うんだけど、一柳斎は殺されたほととぎすの霊なのよ」

「はあ？　ほととぎす？」

「そう。鳴かなかったせいで織田信長公に殺された、ほととぎすの怨霊。それで、殺された恨みを晴らすために、自分のかわりに鳴く刀を探して……」

浜乃の突拍子もない空想に、八五郎は思わず吹き出した。

「いやぁ浜乃ちゃん、そんな化けて出るくらい悔しかったのなら、ほととぎすも意地を張らねえで、殺される前にさっさと鳴いておけばよかったじゃねえか」

八五郎の指摘に、浜乃も「それもそうね」と言ってコロコロと笑う。浜乃は近所でも評判の器量よしだが、それだけでなく、ちょっとしたことでも陽気によく笑い、好奇心旺盛で何にでもすぐ首を突っ込みたがるところが八五郎は好きだった。

――こりゃあ、浜乃ちゃんとお近づきになる絶好の口実になるかもしれん。

浜乃が近所に越してきてから、そろそろ一年になる。

その間ずっと、八五郎は浜乃と親しくなれるきっかけを作ろうと、さんざん頭を悩ませてきたのだった。それでもこれまでほぼ何の進展もなかった八五郎にとって、自分だけが知る「鳴かせの一柳斎」の秘密はおあつらえ向きの話だった。これぞまさに、棚からぼたもちの僥倖。八五郎は一柳斎の秘密を浜乃にだけ打ち明けることにした。

今日は町内のどぶさらいの日で、皆が集まって一緒に作業をしている。こういう機会を逃したら、何の接点もない八五郎が浜乃に自然と声をかけられる機会はほとんどない。

浜乃ちゃん、ちょっといいかなと言って、八五郎は浜乃を少し離れた物陰に連れ出し、三日前の夜に見たことを洗いざらい話した。

案の定、わくわくする話に目がない浜乃は途端に目を輝かせて食いついてきた。嘘でしょ、それ本当ならすごいことじゃない、信じられない、と浜乃が大声で騒ぎだしたので、八五郎は慌ててしぃっと浜乃を制した。

「これは絶対に二人だけの秘密だぜ、浜乃ちゃん。雲井の旦那に迷惑がかかるかもしれねえしな。俺は、相手が浜乃ちゃんだから信じて教えたんだ」

二人だけの秘密、という言葉の甘美な響きに、八五郎は内心うっとりとした。浜乃はわかったと言って何度も頷くと、八五郎の耳元に口を寄せて、小声でひそひそと提案した。

「ねえ八五郎さん。今度、二人で雲井様の後をつけてみましょうよ」

「え？」

「雲井様ってさ、いつも所在なげにブラブラしてて、けっこう謎な人でしょ。いい機会だから、普段何をしているのか探ってみない？」

「お……おう」

「八五郎さんはお隣なんだから、雲井様が出かけるときはすぐわかるでしょ。わかったらすぐに私を呼びに来て。そしたら、気づかれないように二人で後をつけるの。雲井様が本当に一柳斎かどうか、この目で確かめるのよ」

それって逢い引きのお誘いでは？　と八五郎は一瞬だけ心をときめかせたが、浜乃にそのつもりは皆目ないらしい。

「でも、そんな目明かしみてえなこと、俺にできるかな」

「八五郎さんなら絶対にやれるわ。だって今日だって最初、どぶさらいに集まった人数を数えたときに、八五郎さんだけなぜか見落とされてたじゃない。真ん中に立ってたのに、一人足りないぞ、誰が来てないんだって大騒ぎになって」

「あ、ああ。そうだったな」

「ホラ、八五郎さんって不思議なくらい、あの……なんというか、あまり……目立たないから。人ごみに紛れて後をつければ、あの一柳斎でも気づかないわよ。だいたい、どうせ気づかれたって別にいいじゃない。隣近所の仲なんだし」

要するに、影が薄いのが尾行に便利だということだ。浜乃が変に気を使って慎重に言葉を選んでくれていることが、逆に辛い。

それでも、たとえ理由がどんなに情けないものであれ、憧れの浜乃に堂々と声をかけて一緒に出かけられるのだ。八五郎としては細かいことはどうでもよかった。二つ返事で了解すると、浜乃が嬉しそうに八五郎の手を握ってぶんぶん振りながら「がんばりましょうね」と言ってくれたので、八五郎は天にも昇るような気持ちになった。

すると、そこに一人の男が近づいてきて、陽気に声をかけてきた。

「おうおう。おめえら、どぶさらいを怠けてんじゃねえぞ。そんな物陰にコソコソと隠れて、二人して駆け落ちの相談でもしてたか」

「あら辰三親方。いやだもう、そんなことあるわけないじゃないですか」

からからと笑って浜乃が一も二もなく否定したので、八五郎は少しだけ落胆した。

二人に声をかけたのは、近所に住む大工の親方だった。歳は八五郎の三つ上で、名を辰三という。黒い着物の尻をからげて、足を泥だらけにした姿で元気よく笑っている。

辰三は情に厚く面倒見がよいので、町の誰からも慕われていた。着物はいつも黒しか着ないのが辰三のこだわりで、帯も真っ黒だ。色白の辰三が黒一色の着物に身を包むと、肌の白さがいっそう際立ってこのうえなく粋であったし、背中から両腕にかけて入れられた、荒れ狂う白浪を描いた彫物は惚れ惚れするほどに見事だった。

「それにしても、二人ともずいぶん楽しそうに話してたじゃねえか。何やら面白そうだな。いってえ何の話だ」

辰三が笑いながら尋ねると、浜乃はいたずらっぽく答えた。

「これは八五郎さんと私だけの秘密だから、親方には教えない」

「おいおい、なんだなんだ。いよいよ駆け落ちの相談みてえだぞ。隠しごとなんてずいぶんと水くせぇ奴らだな。ちいとばかし俺に教えてくれてもいいじゃねえか」

「だーめ。もう少ししたら親方にも教えてあげるかもしれないけど、いまは絶対

「ははは。こりゃ浜乃ちゃんを八五郎に取られちまったなァ。おい八五郎、浜乃ちゃんは町の皆の宝物なんだ。独り占めにすんじゃねえぞ。ほどほどにな」

辰三はそう言って意味深な笑みを浮かべると、八五郎の肩をポンと叩いて悠々と去っていった。

――親方、ひょっとして俺に気を使ってくれたのかな。

さりげなくその場を離れて二人の邪魔を避けた辰三に、八五郎は少しだけ感謝した。ただ、辰三が思っているような浮ついた話では決してないことが情けなくもあり、悔しくもある。

――それでもまあ、二人だけの秘密を持つってのはなんだか、浜乃ちゃんと心がつながってるみてえで嬉しいもんだな。あわよくばこのままどんどん親しくなっていって、いずれは……。

八五郎の妄想は、どんどん膨らんでいくのだった。

三

雲井源次郎に動きがあったのは、それから三日後の夕方のことだ。

「あれ？　旦那、どちらにお出かけで？」

「うむ。鉄砲洲のほうまで」

そう言い残して源次郎が去っていったのを見るや、八五郎は大慌てで浜乃の長屋に駆けていって障子戸を叩いた。浜乃が暮らす惣兵衛店は、八五郎の住む市蔵店から通り二つ離れた同じ町内にある。

「浜乃ちゃん！　浜乃ちゃんはいるかい？」

「なんだ騒々しい……って八五郎かよ。うちの娘に何の用だ」

戸を開けて出てきたのが浜乃の父の藤四郎だったので、八五郎は思わずゲッと声を出して怯んだ。

藤四郎は腕の立つ飾り職人で、五十を過ぎても隠居せずに腕を振るっている。職人気質で愛想は悪いが、至極温和な男だ。それでも、嫁入り前の娘を夕刻に外へ連れ出そうとしているところで父親と鉢合わせになるのは非常に気まずい。八五郎がしどろもどろになっていると、部屋の奥から浜乃が出てきた。

「八五郎さん！　動きがあったのね！」

「そ、そうなんだ、浜乃ちゃん。いま出られるかい」

「大丈夫。それじゃ行ってくるね、おとっつぁん！」

藤四郎にそれだけ言い残すと、浜乃は転がるように部屋から出てきて、自分から八五郎の手を引いて先に立って歩く。

「お、おい。大丈夫なのかい、浜乃ちゃん？」

「何が？」

「親父さんだよ。何も言わずに出てきちゃったけど」

「いいのいいの！　それよりも雲井様はどっちに向かったの？」

こりゃあ、後で藤四郎さんからぶん殴られても仕方ねえな、と八五郎は腹をくくった。それにしても、いくら人柄が穏やかといっても、互いに独り身の娘と男が夕刻に手を取り合ってどこかに出かけようとしているのに、藤四郎はまったく止める素振りすら見せなかった。

――あれ？　ひょっとして藤四郎さん、俺なら浜乃ちゃんと逢い引きしても構わねえとか、二人の仲を認めてくれてたりするのかな？

一瞬だけそんな甘い了見（りょうけん）が頭をよぎったが、そんな都合のいいことがあるわけねえと、八五郎はすぐにその考えをかき消した。

――とにかく、いまは浜乃ちゃんにいいところを見せねえと。

何の見せ場もなかった八五郎の人生に転がり込んできた、これは一世一代の大勝負である。ここで見事に鳴かせの一柳斎の正体を暴けば、ひょっとしたら八五郎さん素敵！　ってな具合に、浜乃が自分を見る目も変わるかもしれない。

「鉄砲洲に行くって言ってたから、永代橋のほうに向かってるはず。さっき出てったばかりだし、早足で行けばまだ間に合うんじゃねえかな」

「ワクワクするわね、八五郎さん！」


永代橋のたもとにはいつも小さな市場が開かれており、常に人波が絶えない。この賑わいが生まれたのは四年前の享保四年（一七一九年）のことだ。

そのきっかけは、前年の洪水によって橋が大破したのを機に、幕府が永代橋の破却を決定したことにある。それでは困ると町衆たちは必死で幕府に嘆願し、結局は修復や維持にかかる金をすべて町衆が負担するという条件で橋の破却を撤回させた。そしてそのとき以来、永代橋は町衆が共同で支える橋となったのである。

維持費を少しでも工面するため、橋のたもとで市場が開かれるようになり、結果として永代橋の周りは以前よりもずっと賑やかになった。

天秤棒を担いで行き交う物売りの威勢のいい掛け声が響きわたり、屋台では美味そうな団子やら餅やらを焼いて売る、香ばしい煙があちこちで立ちのぼっている。そんな雑踏の中を、八五郎と浜乃はできるだけ人ごみに隠れるようにして進んでいた。

十五間（約二十七メートル）ほど先を、源次郎が歩いているのが見えた。

永代橋を渡ったところで左に折れ、霊岸島を抜けると鉄砲洲である。

鉄砲洲も陸のほうには松平家をはじめとする大きな大名屋敷が並んでいて、先ほどの雑踏が嘘のように静かになるが、源次郎が向かったのは騒がしい河岸沿いのほうだ。

諸国から江戸にやってきた船は、江戸湊と呼ばれたこのあたりで船手組屋敷の荷改めを受ける規則になっている。それと同時に、荷はここで千石船から小さな平舟に載せ換えられて、江戸の市中を網の目のように流れる川や堀割を通って様々な町に運ばれるのだ。

そのため、鉄砲洲の河岸付近には船着き場と荷揚げ場が所狭しと並んでおり、そこを行き交う人足どもと、その者たちを束ねる商人や武士、そしてそれらを相手にする物売りたちでごった返している。

その熱気でむせ返る人ごみの中を、源次郎は迷いのない足取りでずんずんと進んでいく。少しでも目を離すと、人の波に紛れて姿が見えなくなってしまう。

「八五郎さん、ちょっと近づきすぎよ」

源次郎を見失うまいと足を速める八五郎の袖を摑んで、浜乃が小声で制した。

「大丈夫だって。こんぐらいじゃ気づかれやしないよ」

浜乃ちゃんもずいぶんと心配性だなあと、八五郎は余裕のあるふりを見せつけながら大胆に源次郎に近づいていくが、たしかに源次郎は背後を気にする様子もない。

それでついには、八五郎は源次郎の後ろ三間（約五・四メートル）ほどの距離まで肉薄したのだが、そこでとうとう浜乃が音を上げた。もうこれ以上は絶対に無理よと、引きずるようにして八五郎を引き留めたのだが、二人がそんなやりとりをしているほんの少しの間に、気がつけば源次郎は人波に紛れてどこかに消えてしまっていた。

その日、源次郎は夜遅くまで長屋に戻ることはなかった。そして数日後の読売には「またも鳴かせの一柳斎あらわる」の文字が躍る。それを持って八五郎は浜乃のもとに走った。浜乃を部屋の外に連れ出すと、井戸端で声をひそめる。

「やっぱり怪しいわね、雲井様」

「ああ、怪しい。一柳斎は築地に現れたらしいじゃねえか。鉄砲洲とは目と鼻の先だ」

「そうね、次こそは絶対に雲井様の尻尾を摑みましょうね、八五郎さん！」

きらきらとした目で浜乃が微笑んでくるので、八五郎はどぎまぎしながら「おう」と精一杯かっこつけて力強く答えた。

するとそのとき、四十くらいの年恰好の侍が近づいてくるのが見えた。

「あら！　新さん、いらっしゃい。おとっつぁんは留守よ」

「おお、浜乃ちゃん。なんだい、藤四郎さんおらぬのかい」

「たぶんすぐ戻ってくるから、中で待っててくださらない？」

新さんと呼ばれた侍は、わかったと言って部屋の中に入っていった。

親しげな二人のやりとりを見ていた八五郎は、なぜか焦りと苛立ちが勝手に湧いてくるのを止められなかった。それで必要以上にそっけない口調で浜乃に言った。

「お客さんが来たんなら、邪魔しちゃ悪いな。それじゃ俺はここらでおいとまするよ」

「アラ、気を使わせちゃってごめんなさいね」

「別にいいよ。だって、お侍さんを放っておくわけにもいかんだろう。あの身なりからいって、きっと藤四郎さんのお得意さんなんだろ？　それならお茶のひとつも出してやらなきゃ」

「あはは、うちの商売にまで気を回してくれてありがとう。それじゃまた、雲井様に怪しい動きがあったらすぐに教えてね。絶対だよ！」

「おう。また二人で後をつけよう」

「そうね。それにしても、雲井様ったら本当に水臭いわ。いつもご近所でこんなに親しくしてるのに、私たちに隠しごとをするなんて」

「……お、おう。それもそうだな」

ぷりぷりと怒る浜乃に、八五郎は曖昧（あいまい）な笑みを浮かべて答えた。

それから後も、八五郎は浜乃と一緒に何度か源次郎の後をつけてみたが、結局は源次郎が鳴かせの一柳斎に姿を変える瞬間を押さえることはできなかった。

浜乃はやけに慎重で、八五郎が大胆に源次郎に肉薄しようとするとすぐに制してきて、その間にいつも源次郎を見失ってしまう。八五郎としてはそれが少々じ

れったくはあったが、
——まあ、雲井の旦那の正体を突き止めたところで、誰の得になるわけでもね
えしな。むしろ、正体が謎のままでいてくれたほうが、こうしてずっと浜乃ちゃ
んと二人で出かける口実ができるから、俺にとっちゃあ好都合だ。
などと呑気なことを考えていた。

四

八五郎の仕事は棒手振りだ。
夜明け前、本所の青物河岸などで籠いっぱいの青菜を仕入れてきて、それを天
秤棒で担いで売り歩くという行商人である。
その日も八五郎は永代橋のたもとで、買い付けてきた青菜を間の抜けた声を上
げて売り歩いていた。
「あおな〜、青菜〜。青菜はいらんかえ〜」
だが、さっきから誰一人として、八五郎を呼び止めて青菜を買おうとする者は
いない。
賑やかな大通りの左右には同じような物売りたちが、しじみであったり大根で

あったり、様々なものを筵の上に並べて売っている。あまりにも売れないので諦めた八五郎は、物売りのいない空いた一角を見つけると、そこに青菜を入れた籠をどさりと置いた。そして、二間（約三・六メートル）ほど離れたところにしゃがみ込んで、懐から煙管を取り出すと刻んだ煙草を詰める。

八五郎がぷかぷかと煙をくゆらせて一服しているところに、一人の男がやってきて声をかけた。

「青菜、いくらだ？」

そうは言うが、眉間に深い皺の寄った、いかつい顔の男はとても青菜など買い求めそうな人相ではない。男は売り物の青菜を一瞥することもなく、八五郎の隣にどっかりと腰を下ろした。

「甚助親分」

「やっと見つけたぜ、八五郎。てめえ、永代橋のたもとにいるって長屋の奴らが言うから来てやったのに、いってえどこをほっつき歩いてたんだ」

そう悪態をつかれた八五郎は、泣きそうな声で言い返した。

「さっきまで、大声を張り上げてこの通りを売り歩いてたよ。そっちこそ、俺はもう三遍も往来を行ったり来たりしてたのに気づかないなんて、あんたの目は節穴かい、親分」

甚助と呼ばれた強面の男は、うるせえと言って八五郎を小突く。

「はあ？　俺だってさっきから、てめえを捜して三遍もこの通りを行ったり来たりしてたんだぞ。てめえの売り声なんてひとつも聞こえなかったが」

「俺はちゃんと声出してたよ……なんで誰も気づいてくんねえんだ」

甚助の言葉に、八五郎は頭を抱えて泣き言を言った。

「昔から、俺はいっつもそうなんだ。いくら声をからして売り歩いても、誰も気づいちゃくんねえ。だからこうして青菜の入った籠を地面に置いて、少し離れたとこで見とくようにしてるんだ。それで、青菜を見かけて売り子はどこにいるってキョロキョロしてる客に声かけてるんだが、そのほうがよっぽど売れる」

あまりに悲惨な八五郎の話を聞いて、甚助は思わず吹き出した。

「ハッハッハ。棒手振りは目立ってなんぼなのに、よくもまあそんな影の薄さで務まるもんだな。これからはいっそ『八五郎参上』とでも書いた派手な幟を背中におっ立てて歩いてみたらどうだ」

「俺、別の仕事のほうが向いてるのかなぁ……」

これは八五郎にとっては深刻な悩みであるらしく、しょげた様子で嘆きの声を上げたが、甚助はあくまで他人事だ。気楽に笑い飛ばして軽口を叩く。

「ちげえねえ。いっそ、その影の薄さを生かして八ツ手小僧の手下にでもなってみたらどうだ」

八ツ手小僧というのは、このところ江戸の町を騒がしている大泥棒だ。盗みに入った商家に、八ツ手の葉の焼印を押した木札を残していくことでその名がついた。

「おいおい、番所の者がそんな剣呑なこと言っていいのかよ。だいたい、俺はもう盗みはこりごりだって言ってんだろ。で、今日は何の用だよ、親分」

「なんでぇ、愛想のねえ野郎だな。お呼びがかかったんだよ、八丁堀から」

甚助は、八丁堀の定廻り同心に雇われた岡っ引きの一人である。岡っ引きの仕事は主に犯罪に関する町中の情報を集めて同心に伝えることだが、そのほかに、定廻り同心が私的に飼っている、「犬」と呼ばれる間者たちへの連絡もその役目のひとつだ。

実は八五郎は、その「犬」の一人だった。

犬は普段、町中で普通に暮らしている。そして、犯罪に関する噂や、幕府のご政道批判や打ち毀しの相談といった、世間を騒がせるような不穏な動きを聞きつけたら同心に密告するのだ。

間者であることが周囲に知られてしまったら役に立たなくなるので、犬と同心との接点は必要最小限に抑えられ、普段はこうして岡っ引きの甚助を介して、長屋から少し離れたところでこっそりと連絡を取り合っている。

「村上様が直々に俺と会うって？　珍しいこともあるもんだな」

八五郎の「飼い主」は南町奉行所定廻り同心の村上典膳だが、ただの町人にすぎない八五郎が典膳と会って話をすることなどめったにない。

「てめえだけじゃねえよ。この界隈の『犬』全員に呼び出しがかかった」

「なんでえそれは。大捕物でもおっぱじめようってのかい、お奉行は」

八五郎が驚いた顔でそう言うと、甚助は黙ったままこくりと頷いた。

翌日、八五郎が甚助の伝えてきた船宿の一室に行くと、そこには十人ばかりの男たちが集まっていた。どの男も身なりはみすぼらしく、冴えない人物であることが顔つきを見ただけでわかる。

——ははあ、こいつら全員、俺と同じ「犬」か。

集められた男たちは、当然のことながら互いに面識はない。誰もが所在なげな様子で、キョロキョロと周囲を見回している。

そんな落ち着かぬ時をしばらく過ごしたあと、障子が開いて、柿渋色の着流しに黒の紋付を羽織った侍が入ってきた。男どもは一斉に侍のほうに向き直って黙って頭を下げる。

「皆の者、ご苦労であった。本日こうしておぬしらに集まってもらったのは、南町奉行、大岡越前守様からのお達しを皆に伝えるためである」

挨拶もそこそこに、やたらと堅苦しい口調で用件を語りはじめたこの侍こそ、八五郎を犬として飼っている定廻り同心、村上典膳である。

歳の頃は三十半ば、真一文字に伸びた太い眉に、きつく結んだ口とがっしりした顎。月代はきれいに剃られ、きっちりと整えられた髷には一分の乱れもない。くそ真面目な性格が見た目にそのまま滲み出たかのごとき、堅苦しい男だった。

定廻り同心の仕事は、犯罪の取り締まりと治安維持である。

その役目はなにも、人殺しや盗人の捕縛だけとは限らない。市中で起こる様々な揉めごとを、あらゆる方面の顔を立て、ときには多少の悪事にも目をつぶったりしながら、全員に角が立たぬよう丸く収めるのも同心の腕の見せ所である。

ところが、生真面目で融通が利かぬ典膳は、いつも奉行所のお達しや公儀の触れを馬鹿正直に執行しようとするものだから、管轄する地域の町人たちからは「話の通じねえお方だ」「お奉行様の腰巾着」と評判はあまりよろしくない。

典膳は落ち着いた低い声で、一同に問いかけた。

「皆も、最近江戸の市中を騒がす盗人、八ツ手小僧は知っておろう」

居並ぶ男たちは一斉に頷く。いま江戸の市中で、この大盗賊の名を知らぬ者はいない。

「かの不届き者は、これまで九件の大きな盗みを働き、いまだひとつも手がかりが得られぬ。あやつの正体を示すのは、ただこれだけだ」

そう言って典膳が目の前に掲げたのは、掌にすっぽり収まるほどの小さな木札だった。紫の紐が通されたその札には、八ツ手の葉の焼印が押されている。

「おおお……」

居並ぶ男どもの間から、思わず感嘆のどよめきが漏れる。それは憎き悪党に向けた怒りの声というよりは、むしろ憧憬に近い響きがあった。

八ツ手小僧——盗みに入った商家にこの木札を残していくことから、誰からともなくそう呼ばれるようになった大盗賊。

「いまのところ、八ツ手小僧についてわかっておることはわずかしかない。奴は徒党を組まず、常に一人で盗みを働くこと。掛矢で戸を打ち壊すこともなく、鉤縄を使って軽々と塀を乗り越えて盗みに入ること。そのことから、おそらくは相当に身軽な男であろうということ」

それから、盗みに入るのは強欲な悪徳商人の屋敷に限られ、盗んだ金を貧しい家の軒先にばらまいてくれること、そして盗みはするが、決して人殺しも乱暴狼藉も働かないこと――八五郎は胸の内でそう付け足した。

「その他のことは、何もわからぬ。ご公儀をあざ笑うかのように、次々と盗みを働くその不埒なる所業、断じて許すわけにはいかぬ！」

典膳は仰々しい口ぶりで力強くそう宣言したが、居並ぶ「八丁堀の犬」たちの顔は白けきっていた。

あくどい商売で民を苦しめる豪商どもを懲らしめ、貧しき人々を助ける八ツ手小僧は、市井の人々にとっては痛快な義賊であり、救いの神でもある。江戸中の人気者である八ツ手小僧の捕縛に加担するのは、たとえお役目であっても、できることなら関わりたくないところだ。

「そこで、お奉行様はこのたび、与力同心にお達しを出された。八ツ手小僧の捕縛につながるたしかな手がかりを摑んできた者には、多額の褒美を取らす」

褒美と聞いて、金に卑しい犬たちの心がほんの少しだけざわつく。典膳はそんな犬たちの醜い思惑などお構いなしに、仏頂面で事実だけを述べた。

「褒美の額は、手がかりの中身に応じて詮議して決めるが、例えば八ツ手小僧の正体と住み処を突き止めて知らせた者には、五十両」

「五十両⁉」

金額を聞いて、白けきっていた座に途端にどよめきが起こった。江戸の市中では、公儀の許しを得たものから得ないものまで、様々な富くじが人気を博していたが、それらの一の富（一等）ですら、賞金はせいぜい百両かそこらというのが相場である。五十両とは、盗人一人の首にかけられた懸賞金としては、あまりにも破格だ。

「かの盗人を庇いだてする者も多いと聞いておるゆえ、おぬしらが番所に密告したと知れたら袋叩きに遭うのではと案じる者も多かろう。ゆえに、手がかりを申し出た者の秘密は決して漏らさぬ。普段、おぬしらとは岡っ引きを通じて連絡を取っておるが、この件に関しては遠慮なく拙者のもとを直に訪ねるがよい。拙者が一人で話を聞いて、決して口外せぬから安心せよ」

八丁堀の犬たちは、お達しの内容から南町奉行、大岡越前守の本気を感じ取った。そうなると現金なもので、犬たちはあっさりと目の色を変え、誰もが一攫千金を夢見て鼻息を荒くし、まだ手に入れてもいない褒美の皮算用をはじめた。

船宿を出て一人で長屋に帰る途中、八五郎はボソリとつぶやいた。

「あーあ。褒美の金がかかったのが、鳴かせの一柳斎だったらなぁ」

だがその直後、何を言ってんだ俺は、と慌ててその邪な考えを打ち消した。

そんなことをしたら雲井源次郎はお縄にかかってしまう。五十両欲しさに友を売るような真似は絶対にできない。

「まあ、俺みてえな何の取り柄もねえ小心者が、変にやる気を出して間者の真似事をしたところで痛い目を見るだけだ。いままでどおり、何もしねえのが一番だな」


八五郎が、村上典膳に飼われる「八丁堀の犬」になったのは一年前のことだ。

あるとき、八五郎はけちな盗みで捕まったのだが、そのときに村上典膳が、罪を見逃してやるかわりに自分の「犬」になれと持ちかけたのである。

盗みといっても、別に大したことはしていない。

八五郎は昔から、なぜか妙に影が薄かった。

大勢で点呼を取るといつも八五郎だけ素通りされる。大人数で集まって花見などに行くと、大抵は忘れられて途中で置いてきぼりにされる。すぐそこに立っているのに誰も気づいてくれない。そんな仕打ちをこれまでの人生で何度も何度も味わううちに、八五郎は気づいたのである。

――これなら、盗みをやっても誰にも気づかれないんじゃないか。

それで八五郎は、人の出入りの多い大店の商家を見つけては何食わぬ顔で上がり込み、その店の手代(てだい)のような顔をして帳場をあさり、小銭を盗むといった悪さを繰り返すようになったのだった。

ただ、何といっても八五郎は根っからの小心者である。

金を盗むといっても、せいぜい蕎麦(そば)を食うのにちょっと持ち合わせが足りないから三、四文を拝借(はいしゃく)するといった程度だ。そんな額であるし、忍び込む店は毎回違うので、店のほうも金が盗まれたことにすら気づいていなかった。

では、なぜそんな八五郎が捕まったかというと、八五郎が帳場をあさっている最中に、たまたま店にいた客の婆さんが癪(しゃく)を起こして倒れたのが原因だった。目の前にいた八五郎が思わず駆け寄って介抱(かいほう)したので、婆さんは事なきを得た。

だが、その騒ぎが済んだところで、そういえばお前、この店の手代だとばかり思っていたがいったい誰なんだという話になった。それがきっかけで、これまで行われてきた八五郎のけちな悪事が露見したのである。

自身番に突き出された八五郎は、もう二度と盗みはやらないからどうかお慈悲を、と情けないほどに泣き叫んだ。

滲み出る善良さを隠せないその様子を見た村上典膳は、この間抜けな盗人は放っておいても再び罪を犯すことはないだろうと判断し、罪を見逃すかわりに自分の「犬」になれと命じたのである。

第二章　実は、俺は。

一

普段はいつもニコニコしている大工の辰三だが、その日は様子が違っていた。

「おい、おめえら、ちょっと来てくれ！」

辰三は険しい顔で息を切らせながら走ってきて、やけに緊迫した口調でそう言った。井戸端で茶碗をゆすいでいた八五郎と雲井源次郎は、きょとんとした表情で互いの顔を見合わせた。

あまり他人には聞かせられない話だと言うので、とりあえず三人で源次郎の部屋に入る。車座になると、辰三は「ちょっと耳を貸せ」と言って顔を寄せ合い、小声でぼそりと言った。

「浜乃ちゃんが、借金のかたに売り飛ばされるかもしれねえ」

「はあ⁉」

素っ頓狂な声を上げた八五郎を、辰三は鋭い声で「しぃっ！」と制した。八五郎は慌てて口に手をやって声を呑み込む。

「なんでも、藤四郎さんは尾黒屋から金を借りてたらしいんだが、その借財が膨れ上がって、にっちもさっちもいかなくなってるみてえなんだよ」

「おいおい、藤四郎さんに限ってそんなわけがあるか」

八五郎は腑に落ちない様子でつぶやいた。

藤四郎は腕の立つ飾り職人で、八五郎なんかよりよっぽど稼ぎはいい。娘と二人でつましく暮らすぶんにはまったく金の心配はないはずだ。藤四郎も浜乃も、傍から見ている限りでは、決して分不相応な贅沢や散財などはしていない。

「うむ。あの藤四郎殿が、迂闊にそのような借財を負うとは解せぬ。もしや、尾黒屋が――」

「ああ。俺もそのあたりが臭いと思ってんだ」

「そんなぁ……。藤四郎さん、なんでよりによって尾黒屋から借金なんて」

両替商の尾黒屋欽右衛門は、首の回らなくなった貧乏人に優しい顔をして金を貸し、後で無茶な利息を吹っかけることで悪名高かった。

「とにかく、なんでこんなことになったのか、少しでも力になれることはないのか、藤四郎さんのとこに行って話を聞いてみようぜ」

三人が浜乃の住んでいる長屋に行くと、そこにはすでに噂を聞きつけた近所の者たちで人だかりができていた。その輪の中心には藤四郎がいて、取り囲んだ者たちから責めたてられている。

「だから、皆には関わりのねえ、あっしの事情ですから！」

藤四郎は腕を組み、むっつりと不機嫌そうに口を結んで何も答えようとはしなかった。だが、お節介焼きの深川の連中も、そんなことで簡単に諦めるような玉ではない。

「せめて、借財がいくらかだけでも教えてくれよ。近所の連中から浄財を集めれば、あるいは期限を引き延ばすくらいの金を返せるかもしんねえだろ」

誰かがそう言うと、そうだそうだと賛同の声が上がった。

近所でも評判の器量よしで、陽気で気立てのよい浜乃は男女問わず誰からも好かれていた。それだけに、なんとかして浜乃を救う手はないものかと、皆が真剣に頭をひねっている。

だが、藤四郎はそんな皆の希望を打ち砕くような事実を告げた。

「……五十両だよ」

「五十両⁉」

そんなもの、宵越しの銭も持たぬような貧乏人ばかりのこの界隈で、人々の善意をいくら積み上げたところでどうこうできる額ではない。

「だからよ、皆に迷惑もかけられねえし、俺はもう諦めたって言ってんだ」

藤四郎は不機嫌にそう言って話を終わらせようとしたが、周囲の者たちはしつこく食い下がった。

藤四郎は別に博打を打つわけでも、女郎に入れ込んでいるわけでもない。つましい暮らしをしているだけで、どうしてこんな法外な借財を負う羽目になったのか。皆がうるさく藤四郎に詰め寄ったものだから、藤四郎もとうとう根負けして、懐から一通の証文を取り出した。

「ほれ。ここに五十両を借り受けるって書いてあんだろ」

それは藤四郎が尾黒屋から金を借りたときの証文だ。崩し字で非常に読み取りにくいが、たしかに五十両と最後に小さく書かれている。

「だけどよ。俺は、本当は五両しか借りてねえんだ」

その言葉に、人々が一斉にどよめく。

「三月前、俺は飾りに使う鼈甲を仕入れる金が足りなくなった。すぐに売り掛けが懐に入ってくるのはわかってたから、ほんのひと月かふた月ばかり借りてつなごうと思って、尾黒屋に五両を融通してくれるよう頼んだんだ。尾黒屋もすぐに金を用立ててくれて、俺は五両と証文を受け取った。だが、その後に五両を返しに行ったら、貸したのは五十両だぞ、それじゃ足りねえと言われた」

なんだそれは！　と周囲から憤慨の声が上がった。

尾黒屋の悪評は誰もがよく耳にしている。尾黒屋の野郎、最初から藤四郎さんを騙すつもりだったんだ、あくどい野郎だ、と誰もが地団駄を踏んだ。

「尾黒屋はきっと最初から浜乃に目をつけていて、俺を嵌めやがったんだよ。だけど、五両を受け取ったときに、きちんと証文を検めて間違いに気づかなかった俺も迂闊だった」

すかさず辰三が、自分を責めようとする藤四郎を庇うように言った。

「そんなこたぁねえよ！　こんな、読む気もなくなるような長ったらしい証文の中に、金額はたった一か所、ほんの小さく五十両って書いてあるだけだ。こんなもん、誰が見たって間違いに気づくはずがねえ」

だが、藤四郎はがっくりと肩を落として、己を責め続けた。

「そうはいっても、ばっちり証文も残っていて、俺が五両しか受け取ってないことを示すものは何もねえ。お奉行の大岡様だって、この証文を見たら、そりゃあ俺のほうが悪いって言うだろうよ」

その様子を見た周囲の者たちは歯嚙(はが)みして悔しがったが、かといって妙案があるわけでもない。

「それで、浜乃ちゃんはいまどこにいるんだ」

「遠くに逃げられちゃ困るってんで、昨晩尾黒屋に連れてかれた。今月中に五十両を返さなければ、借金のかたに売り飛ばすと言われてる」

周囲から、ええええ……という悲鳴のような声が上がった。晦日(みそか)まであと半月と少ししかない。状況は絶望的だ。人々は尾黒屋の手口の汚さを罵(ののし)り、気立てのよい浜乃を襲った過酷な運命に涙したが、どうすることもできない。

皆が葬式のような雰囲気でしんみりしていると、そこに一人の侍がふらりと姿を現した。藤四郎は気分を切り替えるように、ことさら明るい声で侍に挨拶(あいさつ)をする。

「おう、新さん、いらっしゃい。——てなわけで、客人が来たんで話はここまでだ。皆の気持ちは本当にありがてえが、これは父親の俺が間抜けだったばかりに起こった、取るに足らねえ出来事よ。とっとと忘れてくんな」

新さんと名乗る旗本の三男坊が訪ねてきたことで、藤四郎は一方的に話を打ち切って部屋に入り、障子戸をぴしゃりと閉めてしまった。

「お、おい。待ってくれよ、藤四郎さん。話は終わってねえぞ！」

八五郎は閉じられた戸に向かって怒りをぶつけるように叫んだ。

大好きな浜乃が突然連れ去られたことも腹立たしいが、実の娘が売り飛ばされそうだというのに大して取り乱しもせず、あっさり諦めてそれを受け入れている藤四郎が、とんでもない薄情者のように思えた。

だが周囲の者たちから、無理強いはいけねえよ、一番責任を感じて辛い思いをしているのは藤四郎さんなんだ、そっとしといてやれとたしなめられ、八五郎も渋々ながら諦めるしかなかった。


その日の夜、八五郎と大工の辰三、そして雲井源次郎の三人は居酒屋でさんざんにくだを巻いていた。どれだけ飲んでもいっこうに気分が晴れない。

「本当に許せねえよな、尾黒屋の野郎」

辰三がそう怒鳴って拳を振り上げたのは、もう何度目のことだろうか。

「尾黒屋の奴、ほうぼうで貧乏人相手のあくどい金貸しをやって大儲けしているのに、あいつらはお上のお偉方に袖の下をたんまり贈ってるもんだから、八丁堀の同心どもも見て見ぬふりらしい」

そんな辰三の言葉に、源次郎が調子を合わせる。

「まったく、最近のご公儀はいつもそうじゃ。ご政道を預かる者は厳しく不正を見張って、秋霜烈日のごとき処断をせねばならぬのに、実に手ぬるい。それで弱き者はいつも虐げられ、強き者ばかりが甘い汁を吸う」

八五郎はこれでも一応は同心の手下である。

それで何となく申し訳ない気持ちになって、自分にも何かできることはないかと懸命に頭をひねった。だが、たかが一人の「犬」の密告ごときで、村上典膳や町奉行所が動いて尾黒屋を懲らしめてくれるはずがない。そもそも、尾黒屋が藤四郎の証文をごまかしたという証拠はどこにもないのだ。

自分の無力さを他人のせいにするように、八五郎がぼやいた。

「本当に、お上ってのはどうしてこう、民をいじめてばかりなんだろうなぁ。だいたい今日、藤四郎さんのとこに来てたあの旗本の三男坊だって薄情なもんだ。旗本ってぇのは腐っても公方様の直臣なんだからよ、ちょっとくらい助けてくれてもよさそうなもんだろ」

「貧乏旗本の三男坊なんかに、そんな金も力もねえよ、八五郎」

　そう言って辰三がたしなめても、八五郎は治まらない。

「あの野郎、普段からさんざんあの家に入りびたって、浜乃ちゃんに『新さ〜ん』とか呼ばれて、馴れ馴れしくしてたじゃねえか。それなのに、浜乃ちゃんが売り飛ばされるかどうかって瀬戸際だってのに、今日も呑気な顔して訪ねてきやがって。まったく、どういう了見だ」

「まあまあ、落ち着きなされ、八五郎殿。あの御仁を責めるのはさすがにお門違いでござろう。憎むべきは尾黒屋じゃ」

「まあ、それはそうだけどよ……」

　怒りをぶつける相手が間違っているのは八五郎にもわかっている。

　それでも、行き場を失った鬱憤を誰か顔の見える相手にぶつけぬことには、腹の底から次々と湧いてくる、この煮えたぎる怒りが収まらない。

「あーあ」

　いきなり辰三が、ふてくされたような大声で慨嘆した。八五郎と源次郎もそれにつられるように、一緒になってため息をつく。

「金が、欲しいなぁ……」

思わず三人の声が揃った。

五十両。五十両さえあれば、この腹立たしい難題も全部あっさりと解決するのである。だが、いまこの店に支払う酒手ですら心許ない三人にとって、そんな大金は夢のように現実味のないものだ。

「ちっくしょう、俺たちには何もできねえのかよ……」

そう嘆くと、三人は一斉に天を仰いだ。

互いに会話もせず、ぼんやりと天井の梁を眺めながら、それでも何か自分にできることはないのかと、それぞれがずっと長いこと考え込んでいた。

二

その二日後、八五郎は棒手振りの仕事もほったらかして家を出ると、永代橋を渡って日本橋に向かっていた。その顔は八五郎にしては珍しく、固い決意を秘めてキリッと引き締まっている。

「浜乃ちゃんは、尾黒屋の奥座敷に押し込められているらしい」

昨日、辰三からそんな噂を聞いた。

そこで八五郎は、一人で尾黒屋に忍び込んで浜乃を助け出すことを決意したのだった。自分は浜乃のために何ができるのか。ずっと考え抜いた末にたどり着いた、八五郎なりの答えがそれだった。

日本橋の南側、日本橋川に沿って豪商の蔵が建ち並ぶ一角に尾黒屋は店を構えている。

表向きは武家を得意先とする両替商だが、実際には貧民向けの高利貸しもやるし、相場にも手を出している。あくどい商売で、濡れ手で粟のぼろ儲けをしているおかげで店構えはたいそう立派で、屋敷を囲む高い塀の向こう側には蔵がいくつも建ち並んでいるのが見えた。

尾黒屋に忍び込むといっても、別に塀を乗り越えたりするわけではない。

八五郎は、かつて自分がケチな盗みを働いていたときの特技を生かして、尾黒屋に正面から堂々と上がり込むつもりなのだ。

——なあに、昔取った杵柄だ。かつては癪で倒れた婆さんにいらぬ情けをかけちまったせいで一度だけしくじったが、俺の影の薄さは相変わらずなんだ。絶対に気づかれるはずがねえ。普段どおりにしときゃ大丈夫だ。

八五郎は何度も自分にそう言い聞かせて、細かく震える手をぎゅっと握った。

尾黒屋の出入り口が見渡せる物陰を見つけると、八五郎はそこに身をひそめて、一度に多くの人が店に出入りする機会を窺った。

同じ場所にずっと突っ立って、険しい顔で尾黒屋のほうを睨んでいる八五郎は傍目に見ると不審者そのものだ。だがそこは持ち前の影の薄さが功を奏してか、誰一人として怪しんで声をかけてくるようなこともない。

「お、あれは米問屋の相模屋か。先頭は若旦那だな。ちょうどいいとこに来た」

相模屋の屋号を染め抜いた半纏を着た一団が、ぞろぞろと尾黒屋に入っていくのが見えた。上等な着物を着た若い男を先頭に、番頭や手代を六、七人連れている。八五郎は何食わぬ顔をしてその一行の最後尾に紛れこんだ。

「これはこれは、三津五郎様、よくぞいらっしゃいました。ささ、こちらへ」

尾黒屋の番頭が愛想よくそう言って相模屋の一行を迎え入れ、奥の座敷に案内する。若旦那と連れの者たちが店に上がるのに合わせて、八五郎もしれっと草履を脱いでその後についていった。

相模屋の半纏を着ていない八五郎は、一団の中で明らかに浮いていた。だが、荷物運びのために連れてこられた下男あたりと勘違いしたか、尾黒屋の者は誰一人として咎めようとはしない。相模屋の者も、自分たちの列の後ろからついてくるこの男のことを、尾黒屋の下働きだとでも思っているのか、誰も気に留める様子はなかった。

広い屋敷内にはいくつもの建物が並んでおり、それらを渡り廊下がつないでいる。列が廊下の角を曲がったところで、最後尾にいた八五郎は静かに足を止めた。一行はそれに気づかず先に進んでいってしまったので、これで八五郎はまんまと屋敷内で独りになることができた。

「さて、浜乃ちゃんはいってえどこにいるんだ」

八五郎は建ち並ぶ建物を巡って、堂々と襖を開けてしらみ潰しに一部屋ずつ中を検めていった。昼前の一番忙しい時分なので誰もが店に出ていて、だだっ広い屋敷の中は驚くほどに人影がない。

それでも何人か、尾黒屋の丁稚や女中と思しき者とすれ違うことはあった。だが八五郎がひとつも慌てることなく、自分から「こんにちは」とにこやかに挨拶をすると、相手も「どうも」と会釈を返してきてそれっきりだった。八五郎があまりにも堂々としているものだから、きっと客人の下男が厠にでも行くのだろうと、皆が勘違いをしたようだった。

そんな調子で片っ端から部屋の中を確かめながら、八五郎は屋敷内があまりに殺伐とした気配に満ちていることに驚いていた。

――こりゃあ、まるで戦でもおっぱじめるみてえな。

松の古木や緑の奇岩を配した、せっかくの風雅な池や庭があるのに、そのあちこちに風情をぶち壊しにするような無粋な縄が張り巡らされ、鳴子や鈴がぶら下がっていた。いまは昼間だからよく見えるが、事情を知らぬ者が夜中に忍び込んだら、すぐに縄に引っかかって音で気づかれてしまうだろう。

しかもこの屋敷、元からあったと思しき古びた建物に、新しい棟や蔵がごちゃごちゃと建て増しされていて、実に間取りがわかりづらい。廊下はくねくねと複雑に入り組んでいて、まるで迷路のようだ。

――なるほど。盗人を惑わせるように、わざとわかりにくく作ってやがる。

八五郎がそんなことを考えながら縁側を歩いていると、庭先に狼のような大きい犬が現れ、恐ろしげな唸り声を上げた。

見覚えのない不審な男を発見した犬は鼻面に皺を寄せ、牙を剝いていまにも嚙みつかんとする勢いだ。だが、八五郎はお構いなしにその場にしゃがみ込むと、ためらいなくその鼻先に手を差し出し、チッチチッチッと舌を鳴らした。

犬は、最初のうちこそ狛犬のごとき憤怒の形相で八五郎を睨みつけたが、間の抜けた八五郎の雰囲気と、威嚇を露ほども恐れぬ馴れ馴れしい態度に調子を狂わされ、しまいにはおとなしく尻尾を振り、八五郎の差し出した手をぺろぺろと舐めはじめる始末だった。

そして八五郎はとうとう、誰からも見咎められることなく、屋敷内の建物をあらかた調べ尽くしてしまったのだった。

最後に残ったのは、敷地の端に建てられた納屋だ。中からくぐもった女の声がするが、出入り口には鍵がかかっている。八五郎は建物の横に回り込んで、明かり取りの格子窓から中をのぞき込んだ。

薄暗い納屋には筵が敷かれ、その上に五人の若い娘たちが座っていた。

皆が悲しそうに俯いていて、しくしくと泣いている者もいる。どの娘も人目を引くような器量よしばかりだ。八五郎はその娘たちの中に浜乃の姿を見つけ出し、格子をつかんでガタガタと揺さぶった。

「浜乃ちゃん！　浜乃ちゃん！」

八五郎の呼ぶ声に気づいた浜乃が驚きの声を上げた。

「……え？　八五郎さん⁉」

「助けに来たぞ。いますぐここから逃げよう！」

「ちょっと……なんで八五郎さんがこんなところに⁉」

「客のお付きのふりをして、知らん顔して入ってきた。さあ逃げるぞ」

　こともなげにそう言う八五郎に、浜乃は目を丸くした。

「え？　そんなこと言っても見張りが厳重だったでしょ。なんで入れたの？　それに八五郎さん、逃げるって言っても――」

　当惑する浜乃にはお構いなく、八五郎は納屋の扉を開けようと一人でせっせと試行錯誤をはじめた。

　しかし、扉には鉄の閂（かんぬき）がかけられ、ごつい錠前（じょうまえ）がぶら下がっている。二、三回蹴り飛ばしてはみたものの、ひょろひょろとした八五郎の蹴りではびくともしない。ドカン、ドカンと周囲に大きな音が響きわたっただけだった。

「ちっくしょう、これは素手じゃ無理だな。大きな石でも拾ってくるか」

　そう言って、錠前を叩き壊すための石を探して周囲をキョロキョロと見回す八五郎に、浜乃が格子の窓から慌てて呼びかけた。

「八五郎さん！　ねえ、ちょっとこっちに来て！」

そう言われて格子窓のそばに寄ってきた八五郎を、浜乃は懇々と諭した。

「こんな頑丈な扉、火消しで使う掛矢でも持ってこなきゃ壊せないわ。それに、そんなことしたら大きな音がして気づかれちゃう」

「大丈夫だよ。こんな扉、さっさと壊して逃げようぜ、浜乃ちゃん」

あくまで呑気な八五郎に、浜乃は悲痛な声で訴えた。

「駄目よ！　逃げたところで尾黒屋からどうせ追っ手が来る。もう江戸にはいられない」

「いいじゃねえか。近所の連中に聞いて回れば、どこかで匿ってくれるって人も見つかるだろうよ。浜乃ちゃんと藤四郎さんのためなら、みんな喜んで骨を折ってくれるに決まってるさ」

「そんなこと言っても、おとっつぁんはもう歳で、力のいる野良仕事はできないわ。私たち、江戸を出たらとても暮らしていけない」

「そんなのは何とかなるってば。なあ、だからいますぐここを出ようぜ、浜乃ちゃん。なぁに、借金で首が回らなくなって夜逃げしたなんて話は、世間じゃざらにあることだ。ま、しばらく辛抱して田舎で一、二年も身を隠してりゃ、尾黒屋もきっと諦めるだろうから、また江戸に戻ってこられるって」

八五郎のお気楽な物言いに、いきなり浜乃の声が冷たくなった。

「――それは無理よ、八五郎さん」

「え？」

「そんな、夜逃げなんかで逃げきれる相手じゃない」

浜乃の表情は、絶望の末にすべてを諦め、もはや運命を受け入れたかのようにすっかり落ち着いている。快活な浜乃が見せた、いままで見たこともないような表情に、八五郎はようやくことの深刻さを理解した。

「もう、ただ借金のかたに売り飛ばされるってだけの話じゃないの。ここに囚われてる娘さんたち全員がそう」

「え？」

「私たちが売られる先は、ただの吉原とか女衒とかじゃない。私たちを買うのはお勘定奉行なの」

「お勘定奉行？　どういうことだよ、浜乃ちゃん」

「お勘定奉行の蓼井氏宗様は、たいそう色好みで意地汚いお方。でも、お勘定奉行のような大身のお方が、たとえお忍びでも吉原のような悪所に通うことはとても許されないわ。それで、蓼井様はご自分の屋敷の中に吉原を作ったの」

「……はあ？」

浜乃がいったい何を言っているのか理解できず、八五郎はあんぐりと口を開いたまま呆然とするしかなかった。

「八五郎さんも噂には聞いたことあるかもしれないけど、蓼井様と尾黒屋はずっと昔から裏でつながってるわ」

「ああ。それは江戸の者なら誰でも知ってるわな」

蓼井氏宗は二百石取りの旗本の家に生まれた。そんな、決して家格のよくない蓼井が幕府内で異例の昇進を遂げ、ついには勘定奉行にまで成り上がることができた理由は、ひとえに尾黒屋と手を組んだからにほかならない。

蓼井は尾黒屋から多額の賄賂を受け取り、その金をばらまくことで上つ方の歓心を買った。それによって出世した蓼井は尾黒屋に多くの便宜を図り、尾黒屋もあくどい商売でぼろ儲けをする。

まさに互いに持ちつ持たれつ、蓼井と尾黒屋は一蓮托生、まるで車の両輪のごとき昵懇の間柄であった。両者の真っ黒な関係はもはや公然の秘密なのだが、蓼井氏宗の権勢を恐れて、誰も文句を言うことができない。

「蓼井様は尾黒屋に命じて、目をつけた町娘たちの親に法外な借金を負わせて、強引に集めさせてるのよ。集められた娘は、江戸のどこかにある隠し屋敷に秘かに囲われて、夜な夜な蓼井様の慰みものにされてる。それで世を儚んで、自ら命を絶った娘も片手じゃ足りないって話だわ」

八五郎は真っ青になった。まさかこの平和な江戸の町で、陰に隠れてそんな非道がまかり通っているなんて。

「なんだよそれ……じゃあ、浜乃ちゃんもそこにいる娘さんたちも、みんな――」

「ええ。昨日、尾黒屋の主人の欽右衛門様の品定めを受けて、蓼井様のものになることが正式に決まった」

品定め、という下劣な言葉に八五郎は思わずぞっとなった。

「なんだと！　大丈夫か、浜乃ちゃん、欽右衛門に変なことされてねえか」

「欽右衛門様だって、これから蓼井様に差し出す娘に変なことはしないわ。でもいまはよくてもこの先、蓼井様の屋敷に行ったらどんな目に遭うか……」

そう言って浜乃は目を伏せた。後ろの娘たちも悲しげに俯いている。

「最近じゃ蓼井様は、囲っている娘たちを出世の道具にしているらしいの」

「え？」

「蓼井様以外にも、色好みだけど悪所に大っぴらに通うのは憚られるような立場のお方はいっぱいいる――ご公儀のお偉方であるとか、大藩のお大名とか。蓼井様はそういうお方を自分の隠し屋敷にお招きして、一緒に遊ばせてるのよ」

　やりたい放題じゃねえか、と八五郎は思わず呻いた。

「そうすれば、そういうお偉方の覚えもめでたくなって、ますます蓼井様の出世につながる。いまじゃその屋敷は『黒吉原』って呼ばれて、その筋では有名になりつつあるんだって」

　黒吉原。なんという醜悪な名前であろうか。

　人目を避けた秘密の廓にあえて「黒」と名付けたところに、悪を悪だと知ったうえで、己であればそれも当然許されると信じて疑わぬ増上慢の響きがある。

「ちょ……ちょっと待て、浜乃ちゃん。それじゃ浜乃ちゃんは……」

「でもね、八五郎さん。私ここに連れてこられてからずっと考えてたんだけど、どうせ売られるなら、蓼井様の屋敷でやんごとない方々の慰みものになるほうが、吉原よりずっとましだと思うの。だって、それで運良く見初められたりしたら、どこぞのお大名の妾になれるかもしれないんだし」

「お、おい。何を言って――」

「蓼井様のものになることが決まって、黒吉原の秘密を知ってしまった私たちは

もう決して逃げられないわ。夜逃げをしたところで、地獄の果てまで追われて、私
口封じのため絶対に殺される。私はおとっつぁんに迷惑をかけたくはないし、私
が辛抱すれば全部丸く収まるんだもの」
「それはねえよ、浜乃ちゃん!」
いまにも泣きそうな顔で訴える八五郎に、浜乃は優しく頷いた。
「もういいの。いいのよ、八五郎さん」
その表情は、まるで観音菩薩のような慈愛に満ちたものだった。そしてそれは
同時に、我が身を犠牲にしてでも身内を救おうと決意し、うら若き人生のすべて
を捨てることを受け入れた、虚無の表情でもあった。
「八五郎さん、わざわざ助けに来てくれてありがとう。あなたの気持ち、嬉しか
った。でももう私のことは忘れて。だって、相手は今をときめく蓼井様よ。私た
ちみたいな力のない庶民には何も手出しできないわ。下手に首を突っ込んだら、
あなたの命が危ない」
「浜乃ちゃん!」
「帰って。大声を出したら誰かに気づかれちゃう。早く!」
浜乃は冷たくそう言い放つと、それっきり納屋の奥のほうに引っ込んで二度と

出てくることはなかった。

三

――浜乃ちゃん、そりゃねえよ……。

その後も誰にも見咎められることなく、あっさりと店の正面から尾黒屋を出た八五郎は、がっくりと肩を落として家に向かっていた。せっかく危険を冒して助けに行ったのに、「帰って」と浜乃に追い返されたことが心をえぐる。

いや、悲しみ以上に、自分の情けなさが耐えきれなかった。

てんで腕っぷしの弱い八五郎は、浜乃を助けに行ったくせに、結局は浜乃が囚われている納屋の扉すら壊すことができなかった。浜乃が追い返したのは、父親の借金騒ぎに巻き込んで八五郎を危険に晒してはならぬと、その身を案じてくれたからだ。

――惚れた女がいまにも売り飛ばされるってぇときに、俺は何をやってるんだ。助けに行った女に逆に気を使われるたぁ、男としてこれほど情けねえことはねえ。

己のあまりの無力さに、八五郎は大きなため息をついた。

――ああ、俺に五十両があれば。それか納屋の扉をぶち破って、尾黒屋や蓼井の追っ手も全員ぶちのめすくらいの力があれば……。

そんなことを悶々と考えながら歩いていたら、とてもそのまま黙って長屋に帰る気にはなれなかった。通りかかった飯屋にふらりと入って無愛想に味噌田楽と燗酒を頼み、むっつりと俯きながら一人で黙々と口に運ぶ。

運ばれてきた熱々の田楽には、甘辛い濃厚な味噌がたっぷりとかけられていた。普段だったら思わず笑みがこぼれてしまうような美味さだ。

湯気が出るほどに酒に燗をつけてあるのは、きっと安酒の臭みをごまかすための工夫であろう。でも、盃に口をつけると酒精がツンと鼻の奥に響いて、それはそれでこの店の田楽の濃厚な味ととてもよく合う。

だが、そんな「当たり」の店を通りすがりに引き当てたというのに、今日ばかりはちっとも味がしないし酔えなかった。だらだらと一合、また一合と銚釐を空けるうちに、とうとう店の親爺が出てきて「もうやめときな、お客さん」と注文を止められてしまった。

「なんでえ。客に酒を出さねえたぁどういう了見だ、ちくしょうめ」

悪態をつきながら八五郎が店を出た頃には、日もとっぷり暮れて周囲は真っ暗になっていた。千鳥足で長屋に向かう八五郎だったが、それでも苛立ちは収まらず、ちっとも飲み足りない。

「辰三親方のとこに、たしか酒の買い置きがあったよな」

そうつぶやきながら、八五郎は辰三の長屋に向かった。辰三の住む善兵衛店は八五郎の市蔵店と同じ深川佐賀町にあって、少し離れてはいるが夜中でも町木戸をくぐらずに行き来ができる。

気安い独り者同士、八五郎と辰三は気心の知れた飲み仲間だ。

といってもそれは、ほぼ毎回、八五郎が辰三の家に酒をたかりに行っているばかりなのだが、金離れのいい辰三はそれでも嫌な顔ひとつせず、いつも八五郎を喜んで迎え入れてくれる。

すっかり夜も更けて、こんな時分に押しかけるのは迷惑かもしれないが、浜乃の件では辰三もさんざん憤っていたのだ。この行き場のない怒りも、辰三ならきっと理解して、受け止めてくれるに違いなかった。

「親方、いるかぁ」

部屋の外から呼びかけたが、辰三の返事はなかった。腰高障子の向こうは真っ暗である。

「なんでえ。行灯の油がもったいねえって早めに寝ちまったかな。親方ぁ！」

大声で呼びかけながら、八五郎は酔いにまかせて、自分の家のように無遠慮に障子戸を開いて部屋の中をのぞき込んだ。

「なんだ、こんな時分なのに留守かよ」

狭い部屋の中は真っ暗だった。

辰三がいないのなら、せめて買い置きの酒をほんの少しだけ拝借して帰るかと、八五郎はケチくさい了見で辰三の部屋に勝手に上がり込んだ。そして、外から差し込むわずかな月明かりを頼りに、部屋のどこかに置いてあるはずの貧乏徳利を手探りで探しはじめた。

独り身の男の部屋など、着物が数着ばかりと掻巻に食器や鍋釜の類が少々置いてあるくらいで何の面白みもない。

八五郎が暗闇の中で目を凝らしながら手探りで部屋を物色していると、脱ぎ捨てられた辰三の黒い半纏に、八五郎の手がたまたま触れた。

——カチャ。

半纏の下に何やら、硬くて冷たい感触があった。

——ん？　釘抜きか何かかな？

だが、暗闇で触れたその平べったい金物は、丸みを帯びた形をしていて、釘抜きのように角ばってはいない。何気なく拾い上げてみた八五郎は、まずそれが大きさのわりにやけに重いことに驚き、さらにじっくりその形を見て、腰が抜けるほどに仰天した。

暗闇の中でも決して見間違えようもない、黄金色に輝く楕円形の板。

小判である。

元禄の頃から、小判は幕府の財政難のため金の割合を減らされたり、小さくされたりとその質は低下の一途をたどっていた。それが、いまの将軍である徳川吉宗が就任する少し前に改鋳が行われて、大判小判は慶長の頃の美しい姿に戻されている。月の光を浴びてぼんやりと光るその姿はどこか神々しくもあり、しかも四枚もあった。

「辰三親方、なんでこんなもん持ってるんだ……」

指の爪ほどの大きさの一分金ならば八五郎も見たことがあるが、庶民が小判を手にする機会などほとんどない。しかも、それが四枚も部屋に転がっているとは実に穏やかではない話だ。

途端に、心の臓がバクバクと鼓を打ちはじめたのが自分でもよくわかる。

貧乏徳利を探していたことなどすっかり忘れて、八五郎は嫌な予感に震えなが

ら恐る恐るその周囲を手で探った。そして八五郎はついに、床の上に転がってい
た、とんでもないものを発見してしまったのだった。

「こいつは、やべえ……。やべえだろ、オイ……」

八五郎が床から拾い上げたのは、一枚の木札。

十六夜の月明かりにかざして見てみると、その札の中央には、八ツ手の葉の焼印がくっきりと押されていた。

その木札と焼印に、八五郎は見覚えがある。それは先日、村上典膳が八五郎たち「犬」を集めたときに見せてくれたものとまったく同じだった。

これは、江戸を揺るがす大泥棒の八ツ手小僧が、盗みに入った商家に証として残していく木札。さらにそのそばから、木札を作るのに使うと思われる焼きごても見つかった。ということは……。

——八ツ手小僧の正体は、辰三親方だったってことかよ……。

そのとき、屋根の上からガタッと物音がして、八五郎は思わずヒイッと小さな悲鳴を上げた。だがそれは鼠が屋根裏を走り抜けた音だった。

——落ち着け……落ち着け八五郎。とにかく、ここにいちゃまずい。親方が帰

ってくる前に、急いでここを去るんだ。部屋を荒らされたってことも気づかれたら駄目だ。触っちまったものは全部元の場所に戻して……。

暗闇の中でそんな器用な芸当ができるわけもなかったが、とにかく八五郎は手に取った小判と木札を、なんとなく元あったようなかたちで半纏の下に戻すと、そそくさと辰三の部屋を後にした。部屋に着く前はあれだけベロベロに酔っぱらっていたというのに、さんざん飲みまくった酒は冷や汗と共に全部すっかり流れ出てしまっていた。

市蔵店に戻った八五郎は、すぐさま掻巻を頭からかぶって床に寝転がった。まるで風邪をひいて熱でも出したかのように、体が勝手にガタガタと震えて止まらない。このところ、あまりにも多くのことが一気に起こりすぎて、さっぱり頭が追いついていない。

愛しの浜乃を奪い去っていった尾黒屋の背後にいるのは、あろうことか勘定奉行の蓼井氏宗だった。あと半月ほどで五十両を用意しないと、浜乃は蓼井が作らせた胸糞の悪くなるような秘密の廓、黒吉原に送り込まれてしまう。

つい先日、隣に住む雲井源次郎の正体が鳴かせの一柳斎だと知ったばかりだ。それだけでも八五郎にしてみれば十分すぎるほどの衝撃なのに、さらに今日、今度は仲良くつるんでいた気のいい辰三が、実は大泥棒の八ツ手小僧であると判明してしまった。

「どうすりゃいいんだよ、こんなの……」

八五郎が頭を抱えたそのとき、先日、船宿に集められて村上典膳から聞かされた言葉がふと、八五郎の脳裏に蘇った。

「八ツ手小僧の捕縛につながるたしかな手がかりを摑んできた者には、多額の褒美を取らす——例えば八ツ手小僧の正体と住み処を突き止めて知らせた者には、五十両」

褒美の額は、五十両。

「ちょっと……おい、何を考えてんだ俺は」

八五郎は突然、掻巻をはねのけてガバと起き上がった。額から汗がダラダラと幾筋も流れている。隣の部屋に聞こえないよう、つぶやくような小声で八五郎はブツブツと独り言を言った。

「やめろよ！　辰三親方にはいつも世話になってるじゃねえか！　俺みてえな何の取り柄もねえ男にも優しくしてくれて、あんないい人はいねえ。それに親方は江戸中の人気者、あの八ツ手小僧なんだぞ！」

　八五郎は己の両頬（りょうほお）を両手でパンパンとはたいて、頭に浮かんでしまった邪悪な考えを振り払おうとした。

「悪徳商人から金を盗んで、困っている人たちにばらまく。そうと知ったうえで八ツ手小僧のやり口を考えてみりゃ、粋（いき）で痛快で、あの鯔背（いなせ）な辰三親方がいかにも考えそうなことだ。すげえよなぁ、心底痺（しび）れるよなぁ……」

　八ツ手小僧になった辰三が、身軽な黒装束（くろしょうぞく）に身を包んで頭巾（ずきん）をかぶりながら闊達（かったつ）に笑う姿が、自然と目に浮かんでくる。

「あんな気（き）っ風（ぷ）のいい、心のまっすぐなお人をお上に突き出して大金をせしめるだと？　そんなことをする奴ぁろくでなしの屑（くず）だ。俺はぜってえにやらねえからな！」

　だが、かといってこのまま何もできず月が替わってしまったら、五十両の借金のかたに浜乃は売り飛ばされてしまうのである。その行く先は、決して人に知られてはならぬ悪の廓（くるわ）だ。一度入ったら最後、浜乃はもう二度と外に出ることは叶（かな）わぬだろう。

　ほんの少しだけ、八五郎は思うことがある。

　――辰三親方だって、あれだけ浜乃ちゃんの身の上を案じてたんだ。いつも自分の幸せよりも先に他人の幸せのことを考えてる親方のことだ。もし、自分が捕まることで浜乃ちゃんが助かると知ったら、怒るどころかむしろ、喜んでお縄になってくれるんじゃねえか……。

だが、ふと頭に浮かんだその考えを、八五郎は即座に打ち払った。

「駄目だ駄目だ！　それは俺が決めることじゃねえ！　俺は何を勝手に、てめえで辰三親方の気持ちを決めつけてんだ！　この卑怯者（ひきょうもの）！　自分じゃ何もできねえ、この木偶（でく）の坊（ぼう）が！　てめえで五十両を何とかしろ！　人に頼らねえで、てめえの力で何とかするんだよ！」

八五郎は歯を食いしばってそうつぶやくと、拳を握って自分の腹を思いきり殴りつけた。何度も何度も殴りつけたが、気持ちはちっとも治まらない。そのうち、ぽろぽろと涙が勝手にあふれてきた。

「何とも、できねえよォ……五十両なんて大金、何の取り柄もねえこんな俺に、作れるわけがねえだろうがァ……」

惚れた女をろくに守ることもできぬ、不甲斐（ふがい）ない自分。

八五郎は一晩中、どうしようもない情けなさに身を苛（さいな）まれながら、眠りもせずにひたすら己を責め続けた。

第三章　実は、拙者は。

一

翌朝の日の出前、八五郎はまだ皆が寝ている時分に家を這い出した。

東の地平がぼんやりと朱く染まり、空が少しずつ紫がかった色に変わりつつあるが、中天はいまだ闇の中だ。新緑の萌える季節なれど、明け方の空気はときにまだ肌を刺すように冷たい。

八五郎は近所の者たちを起こさぬよう、静かに井戸から桶に水を汲んで、腫れぼったくなった赤い目を洗った。その水のあまりの冷たさに、全身がキュッと引き締まり、頭のもやもやが一発で吹き飛ばされた。

八五郎は執拗なほどに何度も何度も顔に水をかけては、手拭いでごしごしと強くこすった。それはまるで、己の顔にこびりついた罪業を洗い流そうとするかのようであった。

八五郎は、心を決めた。

「やっぱり、浜乃ちゃんを放っておくわけにはいかねえ。八ツ手小僧の正体と居所を番所に密告して、それで得た五十両で浜乃ちゃんを救う」

一晩中、まんじりともせず悩み続け、一生分の涙を流した。その末にたどり着いた、八五郎なりの答えがそれだった。

――ひでえ目に遭うのは、男の仕事だ。

辰三親方を奉行所に売り、それで俺は……その罪を一生、誰にも言わず背負う。あれだけの盗みをして、その首に五十両もの賞金が懸かるほどの大泥棒だ。八ツ手小僧こと辰三親方は間違いなく打首獄門になる。つまり、俺が親方を殺すようなもんだ。

親方にそんなひでえ裏切りをした俺が、人並みの幸せを得るわけにはいかない。だから浜乃ちゃんが戻ってきても、俺はあの娘のことはもう諦める。それどころか、そもそも俺のような男が嫁取りなんてもってのほかだから、人知れずこの深川の町を去って、どこか遠くで天涯孤独に暮らすんだ。

それで蟬の抜け殻みたいな残りの人生を虚しく生きて、いつか身寄りもなくみじめに野垂れ死ぬ。それが、浜乃ちゃんを助けるかわりに死ぬ辰三親方に対する、俺の精一杯の筋目ってもんだろう。

一人の女を救うために、男二人が人生を棒に振る。

まあ、それも一興だろうよ……。

そう決意した八五郎は、その日の棒手振りの仕事を早めに切り上げると、数寄屋橋御門のそばにある南町奉行所に向かった。

定廻り同心である村上典膳は、朝から市中を廻ったあと、夕刻に奉行所に戻って執務をこなすのが日課だ。そこで、そのときを待ち構えて声をかけようと、八五郎は奉行所の前に建ち並ぶ水茶屋のひとつに居座って、典膳が戻ってくるのを待ち構えることにしたのだ。

だがその日に限って、いつまで待っても典膳は現れなかった。そうこうするうちに日が傾いて、夕七つ（午後四時頃）の鐘が鳴った。仕事を終えた侍たちが奉行所の門からぞろぞろと出てきたが、その中にも典膳の姿はなく、周囲の店では慌ただしく店じまいの準備がはじまった。

八五郎としては、できれば今日、自分の決意が揺らぐ前に典膳に話をしてしまいたいところだったが、こうなっては仕方がない。

明日はもう、仕事をまるまる休んで朝からここで待つことにしようか、などと考えながら八五郎は帰路についたが、実に運のよいことに、しばらく進むと向こうから村上典膳が歩いてくるのが見えた。

「おお！　ちょうどよかった。おおい、村上さ——」

八五郎は声をかけようと手を挙げかけて、その手を思わず途中で引っ込めた。

村上典膳の表情が、まるで別人のようだったからだ。

「なんでぇ村上様。あんな、いまにも人を殺しそうな顔して」

八五郎がよく知る典膳は、生真面目を絵に描いたような男で、侍のくせに荒々しさや殺気といった武張ったものとはまったく無縁の雰囲気だった。

だが、遠目に見えたいまの村上典膳は違う。太い眉を吊り上げ、凍りついたような顔で粛々と歩いている。何より、普段とは目が別人だった。

心の奥底を見透かせぬような、しかし何か強固な決意を抱いていることだけは確実にわかる、このうえなく冷たい目。こんな恐ろしげな典膳を、八五郎は一度も見たことがなかった。

典膳は八五郎に気づかずに目の前を通り過ぎていった。最初は呼び止めようとした八五郎だったが、近づいてきた典膳が発する殺気の凄まじさに体が硬直してしまい、何もできなかった。そうこうするうちにも、典膳は早足でずんずん先に行ってしまう。

――村上様、あのお侍さんの後をつけていたな。

八五郎には事情はまったくわからない。だが、典膳のさらに十五間（約二十七メートル）ほど先を、黒羽二重の紋付を羽織った身なりのいい侍が歩いていて、典膳はその侍を秘かに尾行しているようだった。

八五郎は、何としても今日中に典膳と話をせねばならぬという焦りが半分と、典膳はいったい何をしているんだろうという興味が半分で、気がつけば後をつけていた。先頭を行く侍と、その後をつける典膳、そしてそれを追う八五郎と、三人はそれぞれ十五間ほどの間隔を空けて、一列になって進んだ。

侍は南の方角に向かっている。

愛宕下を抜けて芝の切通のあたりまで来ると、周辺には寺が建ち並び、人通りはぐっと少なくなった。折しも夕暮れ時で、空が東のほうから少しずつ薄暗くなりはじめていた。

そのとき、典膳が動いた。

前をゆく侍が角を曲がっていったのを見計らい、腰を落として一気に駆け出す。

その右手は刀の柄に添えられている。典膳を追っていた八五郎も慌てて後を追った。

八五郎が曲がり角の塀に身を隠してその先をのぞき込むと、二人の侍がすでに白刃を煌めかせながら、激しい鍔迫り合いをはじめているところだった。

一人は村上典膳、もう一人は典膳が後をつけていた身なりのよい侍。争う二人の声がかすかに聞こえてくる。

「先ほどから後をつけていたのはわかっていたぞ。何奴」

そう問われても典膳は答えない。一方的に自分の用件を告げる。

「勘定奉行、蓼井氏宗の腹心の黒川だな。蓼井の悪事、洗いざらい吐いてもらう」

「ふん、名乗らぬか。だがその用件、あらかた察しはつく」

そう言うと、黒川と呼ばれた侍は裂帛の気合と共に鍔をかち上げた。互いの刃が離れ、二人は跳び退いて一間半（約二・七メートル）ほどの間を取ると、改めて刀を青眼に構えなおして対峙する。

「蓼井氏宗が器量よしの町娘たちを集めて、『黒吉原』なる場所に囲っていることは全部調べがついておるのだ。観念せよ」

「何のことやら、さっぱりであるな」

問いただす典膳と、しらを切る黒川。その問答を聞いて、物陰から盗み見していた八五郎は目を丸くした。

――ちょっと待て。なんで村上様が、蓼井氏宗の黒吉原のことを知ってるんだ。あれは尾黒屋と蓼井だけが知る秘密じゃねえのかよ。

戸惑う八五郎をよそに、二人の緊迫した睨み合いは続く。

「おとなしく真実を明かすなら、おぬしの命を奪うことまではせぬ」

「言うにや及ぶ」

次の刹那、黒川が先に動いた。手首をわずかに動かし、小手を斬りつけるかのような動きを一瞬だけ見せたが、それは黒川の誘いだ。

小手打ちの動きと同時に大きく一歩踏み込み、黒川は続けざまに素早く逆袈裟に斬り上げる。誘いの小手から逆袈裟へ、よどみなく切り替わる斬撃は、黒川がかなりの剣の遣い手であることを物語っていた。

八五郎の目には、典膳が斬られたかのように見えた。

だが、典膳は動じない。先に飛んできた小手打ちにも惑わされることなく、その後の狙いすました黒川の逆袈裟を、刀の鍔で難なく受け止めていた。

「むうっ！」

必殺の一手を軽々といなされ、黒川はわずかに体勢を崩した。そこに典膳が、巨木の幹のごときどっしりとした構えから、野太い掛け声と共に腰の入った唐竹割りを繰り出す。それはあまりにもまっすぐで、何のひねりもない素直すぎる一撃であり、ただひたすらに重かった。

「ぐっ！」

真っ向から振り下ろされた典膳の刀を受け止めた黒川の膝が、思わずガクリと沈み込んだ。その衝撃の強さに、黒川の口が思わず苦痛に歪む。たまらず黒川の全身に痙攣のような力みが入り、上半身が硬直した。すかさず、それによってがら空きになってしまった黒川の胴を典膳の素早い右薙ぎが一閃する。

霧のようにさっと飛び散る鮮血。

次の瞬間、胴を斬られた黒川は刀を取り落とし、力なく崩れ落ちて地面に膝をついていた。

「もう一度聞く。蓼井の悪事を吐け。そうすれば命までは取らぬ」

脇腹を押さえて地面にひざまずく黒川の鼻先に、典膳が刀の切っ先を突きつけて観念するよう迫った。だが、黒川は激痛で脂汗を流しながら典膳に毒づいた。

「うるさい、公儀の犬」

ひとつも折れる気配のない黒川の頑な態度を見て、典膳が言った。

「たとえ蓼井のごとき悪逆の者であれ、最後まで上役に忠義立てせんとするおぬしの覚悟は見上げたものだ。だがそれ以前に、我ら御家人は皆が将軍吉宗公のご恩を受けた、徳川の臣であることを忘れるな」

「黙れ……」

「非道の限りを尽くす蓼井を庇ったところで、もはや詮無きこと。すでに我ら隠密影同心は、蓼井の尻尾を摑んでおる」

「隠密……影同心！」

その名を耳にした途端、黒川の顔色が変わった。

それが何を意味するのか、八五郎にはさっぱりだったが、黒川の表情を見る限り、それが絶望的な事実であることだけはなんとなくわかった。

「斬ったのは皮だけだ。いますぐ手当てをすれば、死ぬほどの深手ではない。さあ、洗いざらい話せ。命を粗末にするな」

ほんの少しだけ口調を和らげ、黒川を諭そうとする典膳だったが、黒川は苦痛に顔を歪ませながらも、脂汗を流しつつニヤリと不敵に笑った。

「隠密影同心……そうか。ならばすべてを調べ上げていてもおかしくはないな」

「おぬしも幕臣の端くれなら、噂くらいは耳にしたことがあろう」

「ああ、よく知っている。天下のご政道を陰から音もなく支える、老中直属の世直し軍団。ひとたび幕閣や大名たちに不逞なる振る舞いあらば、ことが公になる前に闇に葬り、公儀の威信を人知れず守っていると聞く。幕臣でも選りすぐりの腕利きが選ばれて、秘かにその任に就くと聞いたが、さすが、噂にたがわぬ腕前であったわ……」

会話を盗み聞きしていた八五郎は驚愕した。

隠密影同心――ご公儀の中にそんな秘密の組織があるなんて。

そして、ただの堅物で、融通の利かない冴えない同心だとばかり思っていた村上典膳が、実はその一員だったとは。

にわかには信じがたいことだが、先ほどの典膳の凄まじい豪剣を見れば、それも決して嘘ではなさそうだ。

「さすがは悪臣、蓼井氏宗の手の者よ。そこまで知っているのであれば、民を虐げ私腹を肥やす佞臣どもが、ことごとく隠密影同心の手で闇のうちに成敗されてきたことは十分に承知しておろう。さあ、観念してすべて白状せよ」

だが、脇腹から血を流し、切っ先を目の前に突きつけられているというのに、黒川は不敵な笑みを浮かべたままだ。

「ククク……命を粗末にするなだと。実に片腹痛いわ」

「なに？」

「知っているぞ。隠密影同心の一味は、もし正体を知られてしまったら、たとえそれが己の親であろうが妻であろうが、必ずや殺して口を封じねばならぬという鉄の掟があるそうではないか」

「！」

黒川の言葉を聞いて、物陰に隠れた八五郎も真っ青になった。

ということは、いまこうして典膳の正体を知ってしまった自分も、典膳にそれを気づかれたら殺されるということではないか。

「おぬしが笠や頭巾で顔も隠さずにわしに襲いかかり、いま自ら正体を明かしたということは、端からわしを生かして帰すつもりなどないということよ。ならば、死ぬとわかって上役の秘密をベラベラとしゃべる阿呆がどこにいる」

とっくに死を覚悟して開き直っているのか、黒川は痛みで苦悶の表情を浮かべながらもやけに強気だ。ニヤリと笑って言った。

「いま、四人いる老中のうちで隠密影同心の差配役を務めているのは、たしか小清河為兼であったか。どうせおぬしらは、その『黒吉原』なるものがどこにあるのかをまったく摑めておらぬ。それで小清河は、蓼井様の周辺を全力で嗅ぎ回るよう指図を出しておるのじゃ。でなければこんな、わざわざわしを襲うような危うい真似はせぬ……どうだ、図星であろう」

「ぬかせ。隠密影同心の手で、調べはあらかたついている。拙者はただ、その話の裏を取ろうとしているだけだ」

典膳はあくまで冷静な口調を崩さないが、ごくわずかな内心の動揺を感じ取ったか、黒川はあざ笑うように叫んだ。

「ふん、強がったところでわしにはすべてお見通しじゃ。おぬしら老中の犬どもは、どうせまだ何も摑んではおらぬ。だからこそ、こんな後先考えぬ乱暴な手に出たのじゃ。……甘く見るなよ、犬。わしはそのような稚拙な手には乗らぬぞ！」

そう叫ぶなり、黒川はいきなり腰の脇差を抜き放ち、ひとつも躊躇することなく己の腹に一気に突き立てた。

「ぬう！　早まったな、黒川！　なんという真似を！」

「フン。老中の犬の手にかかるなど、まっぴらごめんじゃ。わしは武士じゃ。己の死に場所は自分で決める」

「愚か者が！」

黒川の周囲の地面に、音もなく赤黒い血溜まりが広がっていく。それでも黒川は、息も絶え絶えとなりながら典膳に憎まれ口を叩くことをやめない。

「愚かなのはどちらじゃ。……それにしても呑気なものだな、老中の犬め。真実を何も知らずに、喜々として駆け回っておるわ――」

そのまま、黒川はがくりと力尽きて絶命した。

村上典膳は、黒川が息絶えてゆく様子を静かに最後まで見届けたあと、懐紙で血を拭いながらゆっくりと刀を鞘に納めた。そして何ごともなかったように、黒川の骸をその場に置き去りにしたまま、平然とその場を後にした。

典膳が自分のほうに向かってきたので、八五郎は慌ててすぐ近くの木の陰に身を隠した。一部始終を盗み見ていたと気づかれたら、間違いなく殺される。

――ひいぃぃ！　村上様に殺されるなんてごめんだぁ！

八五郎は冷や汗を垂らしながら、必死に息を止め気配を殺した。

だが、そんな無駄な努力をしなくとも、八五郎は元から人並み外れて気配の薄い男である。武芸の達人である村上典膳ですら、すぐそばの物陰に隠れていた八五郎に気づくことなく、目の前を素通りして去っていった。

典膳が視界から消え、ようやく人心地がついた八五郎は、とりあえず典膳と逆方向に向かって歩いた。いまはとにかく黒川の骸から少しでも離れなければ、どこで誰に見られていて、変なとばっちりを食うかわからない。

しばらく歩くうちに、少しだけ落ち着きを取り戻した八五郎は、そこで大事なことを思い出した。

「あ……八ツ手小僧の件、村上様に伝えるの忘れてた！」

一晩中泣いて悩み抜いた末にせっかく決意を固めたのに、これでは何のために典膳の後をつけたのか、さっぱり意味がわからない。

「でも……いまから村上様の屋敷、行くか？」

とてもそんな気にはなれなかった。

――あんなおっかねえ村上様を見ちまった直後に、まともに目を見て話ができるわけがねえよ。ビクビクしながら話してたら、逆に疑われるかもしんねえ。それでさっきの件についてうっかり口を滑らせちまった日には「見たなぁ」って口封じに殺されるんだぞ……。

あまりの恐ろしさに八五郎はガタガタと身震いした。

「やっぱり駄目だ、今日はもう諦めよう。いろいろありすぎてもう何が何だかわからねえ。頭がこんがらがってきた。明日だ明日」

まるで自分に言い訳するようにそうつぶやいて、八五郎は市蔵店に戻ることにした。

二

人はなぜか、歩くと考えが勝手に湧いてくるようにできている。

——本当に、辰三親方を番所に突き出すってことでいいんだろうか。

昨晩、あんなに泣きながら一睡もせずに考え抜いて出した結論なのに、八五郎は早くもぐらついていた。

心を決めた勢いのまま、すぐに典膳に話をすることができれば何の迷いも生まれなかった。しかし、結局は言えずじまいのまま、芝の切通から深川の長屋までの道のりを歩いて帰るうちに、八五郎の頭には自分の決断に対する疑念が次々と湧いてきてしまっていた。そして家に着く頃にはもう、今朝の固い決意はすっかりどこかに吹き飛んでいた。

——やっぱり俺、考えが足りなかったのかもしんねえ……そうだ！　明日、もう一度最後に辰三親方の顔を見よう。そのうえで改めて、番所に突き出すかどうかを決めればいいじゃねえか。

その考えは、煩悶する八五郎にとって絶好の妙案に思えた。実際には、浜乃を見殺しにするか辰三を殺すかという究極の二択の結論を、ただ翌日に先送りしただけなのだが。

とりあえず明朝までは、考えが足りないからもっと考えるという「やるべきこと」ができた。自分はいま決して何もしていないわけではない、という言い訳が立ったことで八五郎は安堵し、ほっと一息ついた。

八五郎は、目的のためなら自分は悪人になっても構わないという、肚の据わった覚悟のできない男だった。

それで八五郎は翌朝、辰三の住む善兵衛店に向かった。辰三が大工仕事に向かう前にと思って早めに行ったのだが、戸を叩いても中からは返事がない。

「おおい。親方、俺だよ。八五郎だよ」

部屋の中に人の気配がないので、八五郎は戸を開けて勝手に中に入った。

このあたりの裏店の住人は、毎日ろくに戸締まりもしていない。

部屋に物盗りに入ったところで、売り飛ばせそうな立派な家財道具など、どうせどの家にもない。宵越しの銭など持たない、いや、持ちたくても持てないような連中ばかりなので、戸締まりなどしなくとも何ひとつ問題はないのだ。近所の連中も、顔なじみの八五郎が辰三の留守宅に勝手に入っていくのをいちいち見咎めたりはしない。

家の中には誰もいなかった。

「……いや、駄目だろ」

そんなことをブツブツ言いながら、気がつけば八五郎は部屋に上がり込み、中を物色しはじめていた。もちろん、他人の家の物を勝手に触っては駄目なことなど重々承知してはいるのだが、体が勝手に動いていた。

一昨日の夜、八五郎はこの部屋で四両と八ツ手の木札と焼きごてを見つけた。だが、それだってよくよく考えてみたら、暗闇の中でほのかな月明かりを頼りに確認しただけのものだ。八五郎はべろべろに酔っぱらっていたし、見間違いの可能性だってある。

——むしろ見間違いであってくれたほうが、どんだけ気が楽か。

そんなことをぼんやりと考えつつ、部屋を物色したことを辰三に気づかれないよう注意しながら、八五郎は一心不乱に部屋のあちこちを捜し回った。だが、八ツ手の木札と焼きごては出てこなかった。

――よかった。やっぱり辰三親方が八ツ手小僧だってのは、俺の見間違いだったんだ。たぶんそうだ。きっとそうだ。

それはもう、推測というよりは八五郎の願望に近いもので、八五郎はさっさとそう結論づけてこの部屋を去ろうとした。

だが、幸か不幸か八五郎はそこで、辰三の道具箱の下から、何やら折りたたまれた紙の端がのぞいているのを発見してしまったのである。

「ん？　何でえこの紙」

道具箱を持ち上げて紙を引っ張り出す。広げてみたら紙の大きさは半畳ほどもあった。それは屋敷の図面である。母屋のほかにいくつもの棟や蔵が建ち並び、池まで造られていて、かなりの金持ちの屋敷であることは一目瞭然だった。

「こりゃあ、親方が次に仕事をする屋敷の図面かな。でも、だとしたら朱で何本も描き込まれてる、この矢印と注意書きはなんなんだ」

後から朱で描き足された矢印は、塀の外から延びてきて屋敷の中に入り、いくつも並んだ建物の間を進み、蔵の中を出入りしたあと、最後また別の塀のところ

から屋敷の外に出ていく。どうやら道順を示したものらしい。矢印は途中で何回か枝分かれしていて、分岐のところには、

「家人ニ見ツカッタラ、コチラニ逃ゲル」

と書かれている。嫌な予感がした八五郎は、慌てて図面の左下に目をやった。

はたして図面の欄外には「日本橋尾黒屋　屋敷図」と書かれていた。

――これは……こないだ俺が忍び込んだ、尾黒屋の間取り図だ……。

八五郎は思わず絶句した。

改めて図面をじっくりと見返すと、人と遭遇する可能性が高そうな箇所、鍵を壊さねば入れない場所など、注意を要する場所には丸がつけられ、そこで問題が起きたらどうすべきか、何通りもの策が小さな字でびっしりと書き込まれている。これはもう間違いない。この図は、八ツ手小僧こと大工の辰三が、尾黒屋に忍び込んで金を盗み出すことを決意し、その手はずを記したものだ。図面の端には「決行は月が細る二十四日以降」という一文が書かれていた。

――そうか親方、あんた、浜乃ちゃんを救うために尾黒屋に……。

そのときようやく、八五郎は辰三が何を考えているのかを理解した。

辰三は八ツ手小僧となって尾黒屋に忍び込み、盗んだ金の中から五十両を浜乃

の家の軒先にばらまこうとしているのだ。そうすれば藤四郎は、その金で借金を返して浜乃を取り戻すことができる。

尾黒屋から盗んだ金で、尾黒屋が藤四郎を騙して作った借金を返す。

間抜けな目に遭うのは尾黒屋だけで、これならば誰も損をしない。悪を懲らしめつつ正々堂々と浜乃を取り返す、なんとも痛快なやり口ではないか。

「辰三親方……あんたって人は……」

八五郎は思わずカアッと胸が熱くなるのを感じた。

どうしても、目頭から涙が勝手にあふれ出てくるのを止められない。それと同時に込み上げてきたのは、己が危険も顧みずに浜乃を助けようとする辰三と比べて、あまりにも卑劣で情けない自分自身に対する憤りだった。

「……それに比べて俺はなんて野郎だ。こんなにも優しい親方を番所に突き出して、それで浜乃ちゃんを救おうだなんて。あまりにも身勝手で反吐が出る。自分で金を作る甲斐性もねえくせに、友人を売って金にしようとするなんてよ」

小声で自分を責める言葉を口に出すと、ますます辛くなる。八五郎はもう、辰三に向かって心の中で詫びることしかできなかった。滝のように涙を流し、顔を真っ赤にしながら、呻くように辰三への懺悔の言葉を繰り返した。

「俺は屑だ。本当にどうしようもねえ人の屑だ。辰三親方に申し訳ねえ。本当に申し訳ねえ。俺が悪かったよ。すまなかった、親方……」

そうして八五郎は長いこと辰三の部屋で一人泣きじゃくっていたが、ようやく少しずつ気持ちが落ち着いてきて、着物の袖で涙を拭った。そうこうしている間にも辰三が家に戻ってきてしまうかもしれず、あまりこの場に長居するわけにもいかない。

これまで辰三と八五郎は、気楽な飲み仲間として肩肘張らない本音の付き合いを続けてきた。しかし、八五郎が自分の正体を知ってしまったと辰三が勘づいてしまったら、これまでのような無邪気な関係には二度と戻れなくなる。身の危険を感じた辰三が、これまでの友情をかなぐり捨ててどこかに雲隠れし、二度と八五郎の目の前に姿を現さなくなるという事態も十分に考えられた。

八五郎は辰三の帰宅に怯えながら、急いで部屋を元通りにし、尾黒屋の図面を畳んで道具箱の下に戻そうとした。

そこでふと図面に目をやった八五郎は、そこに描かれている内容になんとなく違和感を覚えた。

――ん？　よく見たらこの図面、実物と全然違うじゃねえか！

　八五郎は、尾黒屋の屋敷の内部をよく知っている。

　先日、浜乃を救い出すためにしれっと屋敷に上がり込み、中をくまなく歩きまわったばかりだからだ。まるで迷路のように入り組んだ、実にわかりにくい間取りだったことが強烈な印象に残っているが、それと比べてこの図面に描かれた建物の配置はどうだろう。

「ここには新しい離れが建てられていたし、こんな小屋、いまは跡形もなかったぞ。ここは竹垣(たけがき)で塞(ふさ)がれて通れない。ここは犬だらけ……」

八五郎の背中に、悪寒(おかん)がゾクリと走った。

――尾黒屋の野郎、泥棒除(よ)けに建物の配置をがらっと変えてやがる。

八五郎は図面に朱で描かれた矢印を指でなぞりながら、辰三が想定している侵入経路を頭に思い描いてみた。

――親方はこの塀を飛び越えて、中に入ったらこう進むつもりなのか。だけどここ、いまは小屋が建っていて通れねえよな。それからこっちへ進む気か……いや、でもたしかこの道は竹垣で塞がれてた。となるとこっちに進むしかねえが、ここは人がよく通るし、開けてて身を隠す場所もないから、かなり危ねえぞ。その次のこの建物の横には、いまは犬小屋が置かれてる。ここの中庭には鳴子がたくさん仕掛けられていたから、真夜中に通ったりなんかしたら間違いなく引っかかるぜ……おいおい、これ完全に嵌められてるじゃねえかよ……。

尾黒屋は万が一に備え、巧妙に間取りを変えていたのだった。その配置は実に狡猾で、何も知らずに忍び込んだら、いかに大泥棒の八ツ手小僧といえどひとたまりもない。

――これはまずいぞ。辰三親方が盗みに入る前に、何とかしてこのことを伝えなきゃ親方が捕まっちまう。

かといって、それをありのままに辰三に伝えるわけにもいかない。

もし八五郎が「親方の正体は知ってますよ、尾黒屋に忍び込むのはやめときなさいな」なんて呑気に辰三に言おうものなら、二人の関係はおしまいだ。

――でもよ、俺が親方の正体を知っちまったことを気づかせずに、新しい尾黒屋の間取りを親方に教えるなんて、そんなの、いったいどうすりゃいいんだ？

八五郎は頭を抱えながら、静かに辰三の部屋を去った。市蔵店に戻ってからも鈍い頭を必死でひねり、ない知恵を振り絞ったが妙案は浮かばない。

考えすぎて頭が疲れてくると、だんだん、自分がこんな苦労を背負わされていることに、ふつふつと怒りが込み上げてきた。

——ちくしょう。俺も浜乃ちゃんも辰三親方も、毎日慎ましく暮らしてて、何ひとつ悪いことなんてしてねえんだぞ。それなのに、なんでこんなひでえ目に遭わなきゃならねえんだよ。どう見ても世の中のほうが間違ってんだろ……尾黒屋といい蓼井氏宗といい、どうしてこう、あくどい奴らばかりがいつも得をして、俺ら善人は損をしてばっかりなんだ。悪を懲らしめて民を救ってくれる世直しの義人なんて、この江戸中を見回してもせいぜい八ツ手小僧くらいしか見当たらねえ。

八五郎は大きなため息をつくと、叶うはずもない願望を思い描いた。

——あーあ。もう一人くらい、いねえもんかなぁ世直しの義人。べらぼうに強くて、たとえ相手が勘定奉行みたいな偉い奴だろうが、一切お構いなしで悪をばっさり斬ってくれる義人。そんなのがこの江戸にいてくれたら、どんなにありがてえことか……。

そんなことをぼんやり夢想していたら、八五郎の頭にふと、昨日見たばかりの衝撃の光景が蘇った。

——いたよ、べらぼうに強くて悪を斬ってくれる義人。俺のすぐそばに。しかもそのお方、表向きは俺の飼い主だ。行けばすぐに話ができる。
八五郎の飼い主である村上典膳は、老中直属の隠密影同心の一員という裏の顔を持っている。

昨日の村上典膳と黒川の会話からすると、隠密影同心は蓼井の悪事を嗅ぎつけてはいるものの、肝心の黒吉原の場所を見つけ出せてはいないようだった。

隠密影同心は、老中の小清河為兼の直属だとも黒川は言っていた。

八五郎のような、政などに縁もゆかりもない庶民の耳にまで噂が入ってくるくらい、小清河の名は最近よく知られている。若くして異例の出世を遂げた幕閣一の俊英で、公儀のお偉方にしては珍しく、清廉潔白で民を慈しむお方だという評判だ。そんな小清河なら、蓼井のような蛆虫が幕閣内に巣くっているのを絶対に野放しにするはずがないと八五郎は思った。

――黒吉原の場所さえわかれば、きっと小清河様はすぐにでも隠密影同心を動かして、蓼井を闇のうちに葬り去ってくれるはずだ。そしたら黒吉原も無用のものになるから、浜乃ちゃんも囚われの娘たちも無事に帰ってくる。辰三親方が尾黒屋に忍び込む必要もなくなる。要するに、俺が黒吉原の場所を調べて村上様に教えてやりゃあ、全部めでたく解決ってことだよな。そして、俺にはそれをやれる力がある……。

善は急げとばかりに、八五郎はその日の棒手振りの仕事を休んで朝のうちに家を出ると、日本橋の尾黒屋に向かった。

そして、以前に浜乃を助けようと尾黒屋に潜入したときとまったく同じやり方で、尾黒屋に入っていく来客の集団の後ろにしれっと加わって、まんまと店の中に忍び込んだのである。

「さて、勢いでここまで来ちまったが、ここからどうすっかな……」

尾黒屋の中に潜入したはいいものの、八五郎には何のあてもない。

蓼井氏宗と尾黒屋の間で交わされた秘密の証文などを見つけ出せれば、そこに黒吉原の場所が書かれているかもしれない。そう期待してやっては来たが、仮にそんな証文があったとして、いったいどうやって広大な屋敷の中からそれを捜し出すというのか。それはまるで、だだっ広い砂浜に落とした一枚の寛永通宝を見つけ出すようなものだ。

――とりあえず、怪しげな書院と奥の間を片っ端から捜してみるか。

そう考えて八五郎は、何のためらいもなく屋敷の最奥に向かった。その間、尾黒屋の者と何度かすれ違ったが、例によって八五郎のほうから愛想よく挨拶をすると、露ほども怪しまれることはなかった。

尾黒屋欽右衛門の私的な居室である書院と、見るからに重要そうな紙束や冊子が積まれている奥の間に上がり込み、そこに置いてある物を検めてみたが、黒吉原の場所の手がかりになりそうな書状は見当たらなかった。

——そりゃあ、秘密の手紙をこんな不用心な場所に置いておくわけねえよな。

蔵の中を捜したいところだが、蔵の鍵はどこにあるんだ。

鍵が置いてあるなら帳場だろうと考えた八五郎は、もと来た経路を引き返して帳場に向かった。店に入ってすぐの帳場のあたりは人目につく危険が高いが、八五郎はかつて何度も、いろいろな店の帳場から小銭をちょろまかしたことがある。なんの不安もなかった。

するとその途中、八五郎は奇妙な一団が廊下の先のほうを歩いているのを見かけた。棒を持った人相の悪い男が先頭と最後尾を固め、その間に五人の女が一列になって歩かされている。室内だというのに、女たちは全員、編笠を深くかぶって顔を隠していた。

――あの色白の手と、きびきびした歩き方……間違いねえ、あれは浜乃ちゃんだ！　きっとこれから、黒吉原に連れていかれようとしてるんだ！

八五郎は戦慄した。だが半面、こんな僥倖があるのかと天に感謝した。このまま行列の後をこっそりつけていけば、まんまと黒吉原の場所を突き止められるではないか。

女たちは人気のない裏口から外に出され、そこに待っていた駕籠に乗せられ、すぐに簾が下ろされた。出発した駕籠は東海道を進み、三田のあたりで横道にそれる。そのあたりに建ち並ぶ武家屋敷のどこかにでも入るのかと思いきや、駕籠の列はさらに西へ進み、とうとう白金村に入った。

「はあ？　こんな田舎に娘たちを連れてってどうするつもりだ？」

三田や麻布のあたりまでは、様々な大名屋敷や武家屋敷が建ち並んでいるが、白金村に入ると途端に建物がまばらになる。その景色は、一面に広がる田畑のところどころに雑木林が島のようにぽつんぽつんと浮かんでいるといった、実に鄙びたものだ。

そして駕籠の列が最後にたどり着いたのは、村の庄屋が住むような、一軒の田舎風の屋敷の前だった。

そこでようやく全員が駕籠から降りたので、この屋敷が黒吉原で、女たちはこの中に入れられるのだろうと八五郎は思った。だが、帰ってゆく駕籠かきたちの姿が見えなくなったところで、女たちは棒を持った男どもに引っ立てられるように歩き出し、屋敷のそばにあった鬱蒼とした雑木林の中に入っていく。

――まさか薪を取りに行くわけでもなかろうし、なんでこんなところに？

八五郎が怪訝に思いながら後をつけていくと、昼でも薄暗いほどに茂った木々の隙間に作られた、人ひとりがやっと通れるような細い小道をしばらく進んだ先に、いきなり開けた場所が現れた。

そこにあったのは、檜の柱もまだ白くて新しい、数寄屋風の瀟洒な屋敷だ。

だが、一見すると贅を尽くした造りとなっているその建物は、不思議なことに窓も障子もほとんどなく、まるで社のように四方が板壁で囲まれていた。その中に、浜乃を含む五人の娘たちが吸い込まれていく。

「ここが、黒吉原ってやつか……」

八五郎はその様子を見届けると、場所を忘れないよう、周囲の景色と道順をしっかりと頭に叩き込みながら急いで家に戻った。

そして翌日、八五郎はその日も棒手振りの仕事は諦め、朝一番で南町奉行所に向かった。貧乏人の八五郎は、二日も仕事を休んだら手持ちがほとんどなくなってしまうのだが、五十両を返す期限である月末までもうあまり日数はないし、背に腹はかえられない。

幸いなことに、水茶屋で張り込んでいると典膳はすぐに奉行所の門から出てきた。一人の中間と二人の岡っ引きを引き連れているので、きっとこれから市中の見廻りに出かけるのだろう。八五郎は典膳に駆け寄って声をかけた。

「村上様！　村上様！　深川佐賀町の八五郎にございます！　少しばかりお話をさせていただきたく、お待ち申し上げておりました」

すかさず中間が前に立ちふさがり、居丈高に八五郎を叱りつけた。

「この無礼者！　町人風情が村上様の行く手を塞ぎ、いきなり声をかけるとは無礼千万であろう。下がっておれ、下郎！」

だが、八五郎が怯まずに、

「先日、船宿で話をお伺いした例の褒美の件で、新しい噂を聞きつけましたのでご注進に上がりました」

と告げると典膳はさっと顔色を変えた。

典膳は中間を手で制し、おぬしらはここで待っておれと命じると、八五郎と二人だけでその場を離れた。二人は周囲に誰もいない一角に移動すると、ひそひそ声で立ち話をはじめた。

「して、八五郎とやら、八ツ手小僧について手がかりを得たとはまことであるか」

典膳はまるで裁（さば）きの場のお奉行のように、仰々（ぎょうぎょう）しい侍言葉で八五郎に尋ねた。

――こうして話していると、ただの融通の利かねえ退屈なお役人様って感じなんだよな……。

そのあまりの落差に、八五郎は不思議な気がしてならなかった。まさかこの典膳が、先日黒川を倒した、あの凄まじい豪剣の遣い手であるとは夢にも思えない。

八五郎は精一杯の芝居をしながら答えた。

「いえ、誠にすみませんがね、村上様。あっしは実は、八ツ手小僧の手がかりを摑んだのではありませんで」

そう言って大げさに頭を下げ、申し訳ないと必死で謝る。

「なに？　拙者を騙したというのか。何たるけしからぬ所業か！」

いかにも身分にうるさい頭の固い武士といった風情を醸（かも）しつつ、堅苦しい口調で怒り出す典膳を、八五郎は慌ててなだめた。

「お、落ち着いてくだせえ、村上様。実はあっし、どうしても村上様にお伝えしたい別の大事な噂がありまして。それでご無礼を承知で、こうして直接お目通りをさせていただいた次第にござります」

「なんじゃ、その大事な噂とやらは。申してみよ！」

典膳に一喝(いっかつ)された八五郎は、頭を下げたままゆっくりと間を取ると、ボソリとつぶやいた。

「黒吉原――って言葉、村上様は聞かれたこと、ありますかい？」

「む？」

その言葉を聞いて、典膳が咄嗟(とっさ)に言葉を呑(の)み込んだのを八五郎は見逃さなかった。必死に平静を装(よそお)っていても、典膳が内心で大いに動揺しているのが、顔を伏せていても十分にわかる。

「いやぁ、これはあっしも風の噂で小耳に挟んだだけの話でしてね、これからお話しすることが本当かどうかはわかりませんよ。ひょっとしたら、村上様にいらぬ面倒をおかけしちまうかもしんねえんで、あっしとしても――」

「構わぬ。早く申せ！」

「え？　いいんですかい？　えー、それじゃあ遠慮なくお話しさせていただきやすがね、なんでも最近、勘定奉行の蓼井氏宗様が両替商の尾黒屋と手を組んで、べっぴんの町娘を攫(さら)っては、秘かに白金村に作らせた隠し屋敷の中に何人も囲って、廓(くるわ)の真似事みたいなのをしているらしいんですわ。それで蓼井様は、それを黒吉原って名前で呼――」

「白金村じゃと⁉」

「へ？」

典膳がいきなり話の腰を折り、ものすごい剣幕(けんまく)で場所を聞き返してきたので、八五郎は内心「しめた」と思いつつ、すっとぼけて答えた。

「へえ。白金村の東の端にある、人気(ひとけ)のない林の中に秘密の豪華な屋敷をこしらえて、かどわかした娘たちをそこに閉じ込めては、とっかえひっかえ夜伽(よとぎ)をさせてるってぇ噂です。まったく、ひでえ話じゃありませんか。それであっしは、これは何としてでも村上様のお耳に入れてえと思ったんでさ」

「うむ」

「でも、あっしが余計なことをしたばかりに、お勘定奉行に悪い噂が広まっちまったら、それはそれで大変畏(おそ)れ多いもんですからね。そう考えて、八ツ手小僧の件だと嘘をついてまで、甚助親分も通さねえで、こうして村上様に直接ご注進に上がった次第でごぜえやす」

八五郎がそう説明すると、典膳は八五郎の出すぎた振る舞いを咎めることはなかった。緊迫したその表情からは、細かいことにいちいちこだわっている場合ではないという本音が窺える。

「その噂は、どこで聞きつけた」

「どこで聞きつけたなんてぇ、そんな呑気なもんじゃありませんぜ、村上様。深川のあたりじゃ、町の童ですらそう言ってます。ま、ご公儀の前じゃ絶対にそんなこと、おくびにも出しゃしませんがね」

そんな出まかせを言ったのは、八五郎の咄嗟の機転だ。囚われの娘を助けるために尾黒屋に忍び込んだとか、駕籠の列を白金村までつけていったなどと正直に言ったら、逆に嘘臭く聞こえてしまう。

「ふむ、さようであるか。もしこの噂がまことであれば、たしかに由々しきことではあるな」

典膳の態度は真剣そのものだが、その後に続く回答は実にそっけない無責任なものだった。

「おぬしが知らせてくれた白金村の黒吉原なる不埒な噂、拙者の心にしかととどめておこう。じゃが、武家の風紀を取り締まるのは目付の役目、我ら町方の同心には一切関わりのないことじゃ。それに相手があの蓼井氏宗様とあらば、知らぬが仏を決め込むのが一番であろうぞ」

「えええ……そんな殺生な。村上様ぁ……」

「そうは言われても、不浄役人にすぎぬ拙者の知ったことではない」

「村上様ぁ……現に、あっしの知り合いの器量よしの娘も、借金のかたでこの黒吉原に連れていかれそうなんでさ。村上様、どうかお助けくださりませ。何の罪科もねえ若い娘たちが、どうしてこんなひでえ目に遭わなきゃならねえんですか。この世には神も仏もねえってことなんですかい」

八五郎が必死に食い下がっても、典膳は目を逸らして取り合おうとしない。その腰の引けた態度はまさに、上役に媚びへつらう気骨のない小役人そのものだ。

だが、八五郎は典膳の瞳の奥に潜んだ、力強い眼光を見て確信していた。

――大丈夫だ。このお方は間違いなく動いてくれる。情けないふりをしてるのは、ただの表の顔。隠密影同心としての裏の顔は、いますぐにでも蓼井に天誅を下してやろうって、腸が煮えくり返ってるといった表情をしてるぜ……。

「八五郎とやら、決して望みを捨てるな。捨てる神あれば拾う神ありという言葉もある。拙者は手助けできぬが、天網恢恢疎にして漏らさずじゃ。悪は決して栄えぬ。くれぐれも神仏をよく敬って、信じて待つがよい」

その言葉は、普通に聞いたら無責任極まりないものだ。

だが、典膳の裏の顔を知る八五郎にとっては、隠密影同心が間違いなく動いてくれるという確約に近い、とても心強いものとして響いた。

三

老中と若年寄は、江戸城本丸の御用部屋で執務を行う。江戸城の奥深くにあるこの場所に入れるのは、老中と若年寄と、それらの執務を補佐する奥右筆など限られた者だけだ。

その御用部屋のすぐ隣にしつらえられた小部屋に、若き老中、小清河為兼が座っていた。下野国今市藩四万石の藩主にして、昨年、三十六の若さで老中に抜擢された当代一の俊英である。

小清河は目元が涼やかで顔立ちは端正であり、その美貌は市井でも評判であった。登城の際にはその凛々しいお姿を一目でも見られれば幸いと、人々が武鑑を片手に沿道に押し寄せて騒ぎが起こるほどであった。

小清河は穏やかな笑みを浮かべ、向かいに座る男の報告にしばしば相槌を打ちながら聞き入っていた。

報告しているのは、柿渋色の着流しに黒の紋付を羽織った村上典膳である。身分の差などお構いなしで気さくに接してくれる老中に、典膳はひたすら恐縮しっぱなしだ。そんな典膳に小清河は、

「ここには誰もおらぬゆえ、そこまで肩肘を張らずともよい、気安うせよ」

と優しく声をかけてくれた。

普通ならば、町方の定廻り同心ごときが本丸御殿の奥深くまで足を踏み入れることなど絶対にありえない。だが村上典膳は、この江戸城に詰める者のほとんどが知らない秘密の通路を使って、気軽な着流し姿のままでこの厳粛な空間に出入りすることを許されていた。それは典膳が、老中直属の隠密影同心の一員だからである。

「それで、蓼井の黒吉原の証拠は摑んだか」

単刀直入に小清河は尋ねた。無駄話を好まぬ怜悧なお方じゃ、と典膳は身が引き締まる思いがした。

「はっ、まだ確たる証を得たわけではござりませぬが、蓼井が白金村に隠し屋敷

を設け、そこで市中から集めた娘たちを囲っているとの噂を耳にしました。これより白金村周辺に間者を放ち、ただちにその屋敷の場所を突き止めます。その後、黒吉原にやってくる蓼井を屋敷のそばで待ち伏せし、拙者自らの手で成敗する所存にございます」

「ほう、黒吉原は白金村にあるか。よくぞ摑んだぞ、村上」

そう言うと、小清河は満足げに微笑んだ。

眉目秀麗な小清河がニコリと笑うと、まるでそのあたりだけ薫風に包まれたかのように雰囲気が明るくなる。接した者を自然と虜にしてしまう不思議な才を、小清河は生まれながらに持ち合わせているようだった。小清河に褒められて、わけもなく心が沸き立ってしまっている自分に、典膳はどこか戸惑いに似た感情を抱いていた。

――このお方にお仕えして一年。その器、まことに底が知れぬ……。

前任の老中の隠居に伴い、並み居る年長者たちをごぼう抜きにして小清河為兼が老中に抜擢されたのは昨年のこと。それと同時に小清河は、四人いる老中のうちの一人が務めることになっている、隠密影同心を差配する任も引き継ぐことになった。

老中に就任するなり、小清河は老練な重臣たちを向こうに回して、ひとつも後れを取ることなく次々と己の意見を押し通していった。村上典膳は、自分よりも三つしか年上でない小清河の豪腕に、何度も驚嘆させられることとなった。

それに、小清河は恐ろしく勘がよく、典膳の報告をほんの少し聞いただけですぐに全体像を摑んでしまう。まるで、あらかじめ報告内容を知っていたのではないかと典膳が思うほどに、小清河はとてつもない洞察力で典膳の話を先読みし、鋭い質問を浴びせてくるのだ。

加えて、小清河は市井の噂話にやけに詳しいのである。

いったいどういう情報網を持っているのかはわからないが、外界から隔絶された大名屋敷の内で暮らしているのに、小清河は町方の定廻り同心でなければ知らぬような裏の世の噂話をなぜか事細かに知っていた。この国すべての政に目を光らせる老中という要職にありながら、とんでもない能力の高さといえよう。

今回の蓼井の黒吉原の件も、小清河は隠密影同心がその情報を摑むよりも先に、市井の人々の噂話からいち早くその疑惑を感じ取っていた。それで小清河が典膳たちに調査を命じた結果、巧妙に隠されていた蓼井の悪事がようやく明るみに出たのである。

隠密影同心としては、まさか自分の主人に調べ物で先を越されるなど予想だにしておらず、大いに恥をかくことになった。以来、誰もが震え上がって姿勢を正し、きびきびとした仕事ぶりを見せている。

「なあに、日々、わしを慕って民がこぞって請願に集まってくるものでな。面倒臭がらずにその声に耳を傾けておれば、この程度のことは自ずから察しがつくようになるというもの」

そう言って莞爾として笑う小清河を、典膳は心から尊敬していた。小清河と話をしていると、自分は隠密影同心としてこのお方の手足となり、この世のあらゆる悪を斬るのだという使命感が自然とみなぎってくる。

「かくなるうえはこの村上典膳、身命を賭して蓼井氏宗の悪事を暴き出し、かの奸賊を必ずや成敗してご覧に入れます」

「うむ。かような不埒な所業が明るみに出ては、ご公儀の威信に大いに傷がつく。一刻も早く将来への禍根を断つのじゃ。まかせたぞ村上」

「ははっ！」

信頼する主人である小清河から「まかせた」と言われ、典膳は喜びと共に身が引き締まるような思いがして、何としても蓼井を討つと、その決意を新たにした。

四

時は少しだけさかのぼる。

それは、浜乃が尾黒屋に連れ去られた翌々日の夕方のこと。江戸の中心部から南へと向かう道をゆく、六人の武士がいた。

武士たちは全員が深編笠(ふかあみがさ)をかぶっていてその顔は見えず、どこか人目を忍んでいるふうでもある。六人の中心を歩くのは、小太りの初老の男。勘定奉行の蓼井氏宗であった。

蓼井ほどの高位の者であれば、普通は何人もの供回りを従えて駕籠で移動するものだ。だが、白金村の黒吉原で秘かに遊興(ゆうきょう)に及ぼうとするとき、蓼井は人目を避けるため、このように最低限の人数だけを連れて徒歩で屋敷に向かう。

蓼井の周りを取り囲むように歩いている五人は若く、がっしりとした体軀(たいく)に隙(すき)のない足運びからいって、いずれ劣(おと)らぬ剣の遣い手と見えた。蓼井を警護する、屈強な供回りの者たちである。

人通りのほとんどない寂しい道に六人が差しかかったとき、いきなり目の前に、だらしない浪人髷(まげ)を結(ゆ)った、着流し姿の痩(や)せた男がゆらりと現れた。男は道を塞ぐようにして立っている。

「退け、邪魔じゃ」

先頭を行く供回りの侍が高圧的な口調で命じるが、浪人風の痩せた男は何も答えない。再度命じようとしたとき、その顔を見て供回りの侍はぎょっとなった。

男は、顔に黒い漆塗りの面頬を着けていた。面頬に隠されてその表情はまったく見えない。

「抜け……刀を抜け……」

男がそうつぶやいたことで、供回りの侍もようやくこの不気味な浪人の正体に気づいたのだった。

「お……おぬしはあの、鳴かせの一柳斎！　おのれ！　こちらにおわすお方を、いかなるお方と知っての狼藉か！」

「抜け……刀を抜け……」

相手がどれだけ地位の高い人物であろうと、鳴かせの一柳斎にとってはどうでもよいことのようだ。相変わらず、刀が鳴くかどうかにしか興味がない。後ろのほうで二人のやりとりを聞いていた蓼井氏宗が狼狽した声を上げる。

「鳴かせの一柳斎だと!?　小癪な！　皆の者、斬って捨てよ！」

口調だけは猛々しいが、蓼井の腰は引けている。二人の供回りは蓼井の両脇を固めると、頼もしい声で言った。

「殿、ご安心めされよ。我々がついております。ささ、早くこちらへ」

五人の供回りのうち三人が壁となって一柳斎を食い止め、その間に二人は蓼井を連れてその場を去ろうとする。一柳斎は逃がすまじと駆け出したが、抜刀した三人がその前に立ちはだかってそれを阻んだ。

「行かせんぞ！　おぬしの相手はわ――」

だが、そう言い終わる前にはもう、供回りの一人は手首を薄く斬られて刀を取り落としていた。一拍遅れて傷口から鮮血が飛び散る。一柳斎は最初、刀の柄に手をかけてすらいなかった。それがいつの間に抜刀していたのか。

あまりの早業に、狼狽した二人目の供回りが焦って力まかせの唐竹割りを繰り出した。すると一柳斎はその荒々しい刀勢にはひとつも逆らわず、自分の刀を斜めにそっとあてがうと、滑らせるようにして斬撃の向きをずらす。相手はそれで大きく空振りさせられ、ぐらりと体勢を崩した。その脇腹を、一柳斎はまるでかな文字を小筆で書くかのようにそっと撫で斬った。

「ひいっ！」

あまりにも滑らかで無駄のない動きで、瞬く間に二人が倒されてしまった。一柳斎の桁外れの強さを目の当たりにした三人目の侍は、屈強な体軀を恐怖でガタガタと震わせて、その場に立ちすくんでいた。そこを一柳斎がギロリと冷たい目で一瞥すると、そのひと睨みで膝の力が抜け、その場にひざまずいてしまった。

驚くべき早業で三人の供回りを片付けた一柳斎は、滑空する梟のように静かに駆け出して蓼井の後を追う。太った蓼井は息を切らしながら走って逃げたが、すぐに追いつかれてしまった。

警護役の二人が、すぐさま一柳斎の前に立ちはだかる。

だが、二人同時に斬りかかってくるのを一柳斎は紙一重で難なく躱し、ゆったりと流れるような動作で刃を振るうと、次の瞬間にはもう二人とも刀を取り落として地面にうずくまっていた。

いずれ劣らぬ剣の遣い手である五人を相手にして、しかも五人とも殺めず、軽く手負いにして闘えなくする。鳴かせの一柳斎は、相変わらずの圧倒的な強さであった。

「ヒイィ！」

　腕利きの供回りたちをあっという間に倒され、蓼井氏宗は恐怖のあまり腰がくだけ、無様に地面に倒れ込んだ。一柳斎はゆらりと一歩ずつ近づくと、下段に構えた刀を蓼井に突きつける。

「抜け……刀を抜け……」

「お……わ、わかったから落ち着け。刀は抜く。刀は抜くから！」

　恐怖で力の入らぬ足をばたつかせながら、蓼井は必死に頭を回転させ、何とかして命を助かろうと悪知恵をひねり出していた。蓼井の耳にも当然、江戸の市中を騒がせている一柳斎の噂は入っている。

「おぬしはあの、鳴かせの一柳斎じゃな。刀が鳴くかどうかを試して回っていると聞いていたが、どうせ狐狸か幽霊の類かとわしは思うておったわ。まさか本当に人であったとはな。それにしても、免許皆伝の達人が揃った我が供回りをこうも易々と倒すとは、大した腕前ではないか」

「抜け……刀を抜け……」

　ご機嫌を取るような蓼井の無駄話にも、一柳斎は一切取り合おうとしない。下段に構えた刀の切っ先を少し上げたので、蓼井は慌てて一柳斎を制した。

「おい！　待て待て、早まるな。ずいぶんと気の短い奴じゃ。いますぐ刀を抜くからやめろ。抜けばよいのであろうが。黙って刀を抜けば、おぬしが何もせぬということは、わしも重々承知しておるわ。どうだ、これで満足か」

蓼井はなんとか体を起こし、膝立ちになってゆっくりと刀を抜いた。

かすかな鞘走りの音と共に、青く光る刀身が露わになる。闘わないという意思を示すために蓼井は刀を構えることはせず、どうだとばかりに両手を開いて一柳斎に見せつけた。

「鳴かなんだか」

一柳斎は露骨にがっかりした口調でそうつぶやく。そしてお決まりのとおり、

「去ぬか？　死ぬか？」

と蓼井に尋ねた。

一柳斎は、抵抗さえしなければ決して命を奪うことまではしない。

その流儀を思い出した蓼井は、命が助かったと悟るや、即座に普段のふてぶてしい態度に戻った。そして、砂まみれになった袴の裾を手ではたきながらゆっくりと立ち上がると、

「そんなもん、去ぬるに決まっておろうが」

と吐き捨てるような声で答えた。

無理に抜かされた刀を再び鞘に納めた蓼井氏宗は、血を流してうずくまっている供回りの者たちに労りの言葉をかけることもなく、尻を蹴るようにして立ち上がらせると「行くぞ」と命じた。一柳斎も刀についた血を懐紙で拭い、黙って刀を鞘に納めてその場を去ろうとした。

と、そのとき。背を向けた一柳斎をいきなり蓼井が呼び止めた。

「おい、鳴かせの一柳斎」

その声はもう、つい先ほどまで悲鳴を上げながら地面を転がっていた蓼井とはまったくの別人だ。一柳斎は返事こそしなかったが、立ち止まって振り向いた。

すると蓼井は何か名案を思いついたか、頬の脂肪を折り曲げてニチャっとした笑みを浮かべながら、高圧的な口調で一柳斎に言った。

「のう、おぬし、わしの用心棒にならぬか？　その腕前、こんな辻斬りまがいのことをさせておくには実に惜しい」

「なんだと？」

さすがの一柳斎も、その意外な提案には驚きの色を隠せなかった。つい先ほど自分の命を狙ってきたばかりの者を用心棒に雇おうとするなど、並大抵の図太さではない。

「おぬしの目的は刀であって、別にわしの命ではなかろう。ならば斬りかかってきたことは不問にしてやる。わしもいろいろと命を狙われる、危うい立場におるものでな。腕利きの用心棒がいれば心強い。金ははずむぞ」

第四章　実は、私は。

一

八五郎は久しぶりに、すっきりとした朝を迎えていた。

浜乃が尾黒屋に連れていかれてからというもの、晦日までに借金の五十両を何とかして工面しなければという焦りと、自分では何もできぬ無力感で、ろくに眠れぬ日々が続いていた。

だが昨日、八五郎は村上典膳に、蓼井氏宗の黒吉原が白金村にあることを伝えた。怪しまれぬように噂話のふりをしたので詳しい場所までは教えられなかったが、そこまで場所が絞り込めていれば、優秀な隠密影同心のことだ、難なく黒吉原の場所を割り出すはずだ。

清廉潔白な老中の小清河が、蓼井のような悪党をいつまでも放っておくはずがない。すぐに隠密影同心たちが送り込まれ、蓼井はきっと秘密裡に誅殺されることだろう。

「いやあ、一時はどうなることかと思ったが、これで悪人もきれいさっぱり成敗されて、浜乃ちゃんも帰ってくる。めでたしめでたしだ」

安心しきってぐっすり眠ったことで、今日は頭も冴えているし機嫌もいい。井戸端で顔を洗っていると、渋い顔をして辰三がやってきた。

「おう！　おはよう親方！　今日も元気かい」

「おい、八五郎。元気なはずがあるかよ。こうしている間も、浜乃ちゃんは尾黒屋でずっと不安に耐えてるんだぞ。まったく呑気な野郎だ」

あまり喜びを表に出しすぎちゃいけねえと八五郎は自分を戒め、不機嫌そうな顔をした辰三に言った。

「いや、すまねえすまねえ。いまはまだ詳しくは言えねえが、ちょっとだけいい話があってな」

「なんでぇそれは、あぶく銭でも手に入ったか。もしそうなら隠さずに全部俺たちに差し出すんだぞ。浜乃ちゃんを救うために、みんなで集めてる金に足すんだからな」

「わかってらぁ親方。浜乃ちゃんを助けるためなんだ。俺は何だってやるよ」

「まあ、どんなに集めようが五十両にはとても及びそうもないが……」

辰三が真面目くさった顔でそんなことを言うのが、八五郎にはおかしくて仕方なかった。

——だって辰三親方。あんた端(はな)から、尾黒屋に忍び込んで金を盗んで、浜乃ちゃんに五十両を配ってやるつもりでしょうが。それなのにそんな見え透(す)いた芝居をしちゃって……。

でも、そんな辰三の優しい決意も、近いうちに無用のものになる。

隠密影同心が憎き蓼井氏宗を討ち取ってくれさえすれば、主(あるじ)を失った黒吉原は消滅するのだ。そうすれば、わざわざ辰三が八ツ手小僧になり、危険を冒(おか)して尾黒屋に盗みに入らずとも浜乃は帰ってくる。

——早く真実を伝えて、辰三親方と雲井の旦那を安心させてやりてえなあ。

八五郎はつい、そんな誘惑に駆られて何度も口を滑らせそうになった。その都度、いけねえいけねえとかろうじて己を抑(おさ)える。

まだ何も解決していないのに軽々しく秘密を漏らしたりしたら、ひょっとしたらそれが原因ですべての企(くわだ)てが水の泡になってしまうかもしれない。それに、迂闊(うかつ)に典膳の正体をばらして、それが万が一本人の耳に入りでもしたら、隠密影同心の鉄の掟とやらで八五郎は地獄の果てまで追い回され、息の根を止められてしまうのだ。

だが、詳しい理由は言わずに、ただ「近いうちに浜乃ちゃんは帰ってくるぞ」と二人に教えてやるくらいなら別に問題はないだろうと八五郎は考えた。それで、ふわふわとした気分のまま、部屋の障子戸を叩いて源次郎を呼んだのだが、なぜか誰も出てこない。

「そういえばこの二、三日、旦那の顔を見てねえな」

すると辰三が言った。

「雲井の旦那なら一昨日の夜に会ったぜ。これから半年ほど、どこかの顔役の用心棒を務めるから、しばらく家は留守にするって言ってたぞ」

「へー。なんでぇ、隣に住んでる俺に一言の挨拶もしねえで出てくなんて、旦那も水くせえなあ」

八五郎が不満げにぼやくと、辰三はそれをなだめながら、しみじみと言った。

「雲井の旦那も、浜乃ちゃんを助けるために必死になってくれてんだよ。その気持ち、本当にありがてえよな」

「え？」

「早く仕事をはじめねば、晦日までに金が受け取れぬからな、って言ってたからな、雲井の旦那。要するにあのお方は、用心棒で稼いだ金を浜乃ちゃんの借金返済の足しにしようと思って、急いで稼ぎ口を探してきてくれたってことだよ」

八五郎は源次郎の見せた優しさに思わずホロリとなって、ほんの少しだけ涙ぐんで鼻をすすった。

「なんだ、そういうことかぁ。普段はぶっきらぼうだけど、やっぱりあの人も心根の優しい、いい人だよなぁ……」

でも、源次郎のその仕事もすぐに不要になる。典膳が蓼井を討てば、あと少しですべての決着がつくのだ。

するとそこで、辰三がいきなり話題を変えた。

「そういえば用心棒で思い出したが、なんでも、あの勘定奉行の蓼井氏宗が凄腕(すごうで)の用心棒を雇ったらしいぜ」

「凄腕の用心棒？」

腹心の黒川が殺されたことで、蓼井も隠密影同心が自分の身辺に迫ってきていることに気づいたのに違いない。それでおそらく、慌(あわ)てて用心棒を雇ったのだろう。

だが、その用心棒がどれほどの腕前であろうと、あの村上典膳ほどの遣(つか)い手(て)が揃(そろ)っている隠密影同心だ。どうせ相手にはならないだろうと、八五郎はたかをくくっていた。

「ああ、俺も馴染(なじ)みの博徒(ばくと)から聞いた話だがな。ただ、その噂が本当かどうかって以前に、そもそもあいつは幽霊じゃなかったんだってことに、どいつもこいつも驚いてたよ」

「へっ？　何ですかいその、『幽霊じゃなかったんだ』ってのは」

「いや、聞いて驚くなよ、八五郎。蓼井氏宗が新しく雇ったその用心棒ってのは、なんとあの、鳴かせの一柳斎だってぇ話だ」

「はああ⁉」

それを聞いた八五郎の顔から、血の気がさっと引いた。

「蓼井の野郎、神出鬼没(しんしゅつきぼつ)の一柳斎をどうやって捜し出して話をつけたんだって、侠客(きょうかく)連中の間じゃその噂で持ちきりだ。なんでも、蓼井は一柳斎をたった半年雇うために、五十両も払ったらしいぜ」

「五十両ぉ⁉」

その額で、八五郎は雲井源次郎が何を考えているのかを即座に理解した。いきなりガクガクと震えはじめた八五郎を見て、辰三が怪訝な顔で尋ねた。

「おお、どうした、八五郎。たしかにすげえ額だが、そんな、顔を真っ青にしてまでおめえが驚くような話か？」

「お……親方。そ、それは、本当の話なのか。どうせ、単なる噂話なんだろ？まるっきり嘘っぱちかもしんねえよな」

「いや、蓼井の野郎が得意になってあちこちに吹聴してるらしいから、この件はまず間違いねえよ。自分からわざわざ言いふらすのは、蓼井に恨みを持って闇討ちにしてやろうと狙ってる奴らの耳に入れるためだろうから、そんなとこで嘘を言う意味がねえ」

「そんな……」

「あの鳴かせの一柳斎に勝てるような剣豪なんて、そうそういねえだろうしな。蓼井の野郎、これでますます調子に乗って悪行三昧だろうよ。本当にけったくそ悪い話だぜ」

「そんな……雲井の旦那と村上様が……」

「はあ？　何ブツブツ言ってんだ、八五郎？」

気がつけば、八五郎は全身が汗びっしょりになっていた。

源次郎が用心棒として雇われた相手が、よりによって蓼井氏宗だとは。このままでは、蓼井を成敗しに行った隠密影同心こと村上典膳と、鳴かせの一柳斎こと雲井源次郎が敵同士になって闘うことになってしまう。互いの正体を隠した、裏の顔のままで。

――雲井の旦那ぁ……五十両を稼いで浜乃ちゃんを救おうっていうあんたの優しさ、俺の策と最悪のかたちでかち合っちまったよ……とんでもねえ腕前のあの二人が激突したら、間違いなく二人とも無事で済むはずがねえ。何が何でも二人の闘いを止めなきゃ。

止めるのは誰か？　それは真実を知る八五郎以外に誰もいない。

八五郎は、絶望で目の前が真っ暗になった。

――でも、どうやって止めるんだよ、こんなもの……。

金も力もない、しがない棒手振り（ぼてふ）でしかない自分にできることなど何もない。

八五郎はただ、あまりの事の成り行きにガタガタと震えながら「どうする」「どうする」と何度もつぶやくことしかできなかった。

二

捜し当てたところで何ができるというあてもなかったが、八五郎はとにかく村上典膳を捜そうと、奉行所の前でその帰りを待った。

だが、午後遅くになっても典膳が戻る気配はない。痺(しび)れを切らした八五郎は、八丁堀の典膳の屋敷を訪ねてみることにした。

出てきた年寄りの下男は、今日の典膳は非番だと答えた。ほぼ一日を無駄にしたとわかり八五郎はがっくりと肩を落としたが、ならば典膳にお会いすることはできないかと下男に訴えた。下男は明らかに面倒臭(めんどうくさ)そうな顔をして、八五郎を追い払うように、

「旦那様なら、白金村のあたりに用があると言って出ていかれたぞ」

と言った。

――間違いない、村上様は蓼井を斬りに行ったんだ。

八五郎は確信した。こうなった以上、とにかく白金村の隠し屋敷に向かうしかない。

白金村に着いたのは夕方頃で、八五郎は隠し屋敷の近くを意味もなくウロウロ

と歩き回った。すると、遠くから二人の侍が歩いてくるのが見えた。

「あれは雲井の旦那……ってことは、その隣が蓼井氏宗の野郎か」

一人は浪人髷に紺縞の着流し姿で、顔の下半分を面頬で隠した男。遠目で見ても、八五郎がそれを見間違うはずがない。鳴かせの一柳斎こと八五郎の隣人、雲井源次郎である。

そして、その少し前を小太りの侍――蓼井氏宗が歩いていた。一柳斎がいればほかは余計だとでもいうのか、一柳斎以外の警護は連れていなかった。

「どうしよう。雲井の旦那を見つけられたのはいいが、村上様との闘いを止める方法がちっとも思いつかねえ。ちくしょう、どうする……」

なす術もないままに、八五郎はただ漫然と蓼井と一柳斎の後をつけていった。

二人は誰もいない静かな田舎道を歩いてゆく。道の両側は雑木林で、若葉を茂らせた木々が風に吹かれ、さわさわと音を立てている。

すると、ひときわ樹影が濃く、道の周りが薄暗くなっているあたりで、林の中からいきなり一人の男が飛び出してきた。

男は柿渋色の着流しの上に黒の羽織を打ち掛け、宗十郎頭巾をかぶって顔を隠している。それでも八五郎にはすぐに正体がわかった。がっしりとした肩幅にぴんと伸びた背筋。村上典膳である。

正体を隠した典膳は、名乗ることもなく猛牛のごとき勢いで一直線に蓼井に駆け寄り、抜刀からそのまま逆袈裟に斬り上げた。

それは斬るというよりも、まるで体ごとぶつかって吹き飛ばすかのような力強い一撃であったが、その豪剣はガキンという甲高い金属音と共に阻まれ、蓼井の体を斬り裂くことはなかった。

「ぐっ！」

典膳と蓼井の間に一柳斎が音もなく割って入り、自分の刀の上を滑らせるようにして典膳の太刀筋を巧みにずらしていた。

ここまで見事に己の斬撃を阻止されたのは、典膳にとっても久しぶりのことだったのだろう。頭巾に隠れて表情が見えなくとも、典膳が意表を突かれたことはその動きでわかった。初太刀の一撃を止めた一柳斎がゆらりと刀を返すと、典膳はそれと打ち合うことを避け、無理をせずに地面を蹴って後方に跳び退き、ひとまず相手との距離を取った。

「な、何者じゃ！　名を名乗れ、無礼者！」

すっかり狼狽した蓼井氏宗が、顔を隠した村上典膳を叱りつけた。だが、居丈高なのは口だけで、その腰はすっかり引けている。

「悪党に名乗る名などない」

「な、なんだと！」

「蓼井氏宗よ。貴様が民を虐げて私利私欲を貪り、この先の屋敷で聞くに堪えぬ悪行三昧に耽っていること、よもや知らぬとは言わせぬぞ。いざ、天誅の刃を受け、黒川の後を追うがよい」

　そう言うと、典膳は刀を握る手の内を絞って気合を込めた。青眼に構えた刀の切っ先はまっすぐに蓼井に狙いを定めており、毫もぶれることはない。

　典膳が発する強烈な殺気に怯む蓼井だったが、一柳斎は二人の視線の間に静かに割り込むと、ちらりと蓼井に目で合図をした。

「ひいい！」

　その意図を察した蓼井は、恐怖で足に力が入らぬのか、四つん這いのようになって無様に後方に駆け出した。すぐさま後を追おうとする典膳だったが、一柳斎はその進路を塞ぐように立ちはだかり、下段に構えた刀の切っ先をゆらゆらと揺らす。

「邪魔をするな、下郎！」

「あいにく、奴の命を守るのがそれがしの務めでな。悪く思うな」

そう答えた一柳斎は、柳の枝のように切っ先をゆらゆら動かしながら、典膳の攻撃を待ち構えている。何も考えなしに突っ込んでいったら、これは軽くいなされて逆に斬られると悟った典膳が、足を止めて一旦体勢を整えた。

典膳の剣術は、その人柄そのままにひたすら謹直だ。

相手を騙す誘いの一手もなければ、相手の反応を窺う様子見の手数もない。すべての一撃が、それで勝負を決めるという必殺の決意のもと、渾身の力をもって放たれる。

並の遣い手であれば、そんな真似をしたらただ大振りになって無駄に隙を増やすだけだ。だが、典膳は己の剣技を極限まで練り上げることによって、なんのことはない「普通の唐竹割り」「普通の袈裟斬り」「普通の小手打ち」が、ことごとく必殺の威力を有している。要するに典膳の剣は、一撃一撃にきちんと腰が入っていて、ひたすらに重いのである。

小細工や様子見などしなくとも、典膳がその重い一撃を休みなく繰り出し続けているだけで、そのうち相手は受けきれなくなり体勢を崩す。堂々と正面からぶつかり、圧倒的な力で押し潰すように相手をねじ伏せる。それこそが、典膳が追い求めた剣の道であった。

かたや一柳斎の剣は対照的に、ひとつの力みもなく変幻自在である。

一柳斎の強さの秘訣は、相手の太刀筋を正確に読む洞察にあった。

相手の体の動き、気配の揺らぎを感じ取り、先回りして刀をそっとあてがう。向けられた斬撃には決して逆らわずに受け流し、それで相手が体勢を崩したところを静かに撫(な)で斬る。一柳斎と闘った者が口を揃えて言う「刀をいくら振っても一切の手ごたえがなく、まるで豆腐(とうふ)を切っているようだった」という感想は、まさしく一柳斎の剣術の極意を言い表していた。

そんな対照的な剛(ごう)の剣と柔(じゅう)の剣が、真正面からぶつかり合った。

最初に戸惑いの表情を見せたのは村上典膳だ。

そもそも典膳は、自分の強烈な打ち込みを受けて、五合以上持ちこたえた者に会ったことがほとんどない。

だが、一柳斎は何度斬りつけても柳に風で、体の軸は露(つゆ)ほどもぶれることはなかった。それどころか、叩き込んだ典膳の必殺の一撃はことごとく力を逃がして横に逸らされ、返す刀ですぐに反撃がやってくる。

――これは、足腰が乱れたら負けだな。

典膳はこれまでの数多の真剣勝負の経験からそう悟った。一柳斎はほとんど自分から仕掛けることはなく、相手の出方を待ち、攻撃の際にどうしても生まれてしまう隙を的確に突いてくる。それゆえに迂闊に斬りつけることは危険だ。

だが、典膳はそんな相手に対しても、己の流儀を曲げることはなかった。

相手が自分の動きを先読みできるのならば、先読みしても体の動きが追いつけぬほどに、自分の打ち込みの速さと威力を高めればよい。

こちらが打ち込むと反撃がすぐに飛んでくるのであれば、反撃が来ても素早く対応できるように、いつも以上に腰を落として絶対に体勢を崩さなければよい。

――すべて、剣の基本を究極に突き詰めれば問題なく対処できることだ。

そう考えた典膳は、一柳斎の変幻自在の剣にも一切惑わされることなく、己が剣技をさらに研ぎ澄まして一柳斎に挑みかかっていった。

一方の一柳斎も、村上典膳の腕前に内心で舌を巻いていた。

――こんなにもまっすぐで、練り上げられた剣は見たことがない。

一柳斎のような「柔の剣」の遣い手にとって、小細工をせず力押しで攻めてくる剣士は本来、とても闘いやすい相手だ。

入門したての者に見せる手本のような、何のひねりもない典膳の青眼の構えを最初に見たとき、これは与しやすいと一柳斎は思ったものだ。しかし、いざ刃を合わせてみると、少しでも気を抜くと自分がすぐに相手に押し込まれそうになっていることに一柳斎は驚いていた。

一柳斎の精妙な剣技をもってすれば、いかなる激しい刀勢も、ほとんど衝撃を受けることなく逸らすことができる。ところが典膳の剣は、勢いを逸らしてもなお、かなりの衝撃が体の芯に残った。びりびりと背骨が揺さぶられ、後方にのけ反りそうになるところを一柳斎は何とか堪えた。

いつもの闘いならば、攻撃をいなして相手が体勢を崩したところを易々と斬り捨てて終わりなのだが、今回はとてもそんな余裕はなかった。斬りつけてくる瞬間こそ、典膳の構えには防ぎようのない隙がわずかに生まれるのだが、そこにつけ込もうとしても、典膳は即座に体勢を立て直してしまうので間に合わない。そして恐るべき速さで二撃目、三撃目が襲いかかってくる。

――この男、刀を手先で振るのではなく、きちんと腰が入っている。簡単そうに見えて、これはなかなかできることではない。

闘いながら、一柳斎は典膳の剣をそう評した。臍下丹田（せいかたんでん）に気力がみなぎっており、足腰がまったくぶれない。だから斬撃を放っても体の軸が動かず、ほとんど隙が出ない。腕だけでなく背中と尻の筋肉まで駆使して全身で刀を振っているので、一撃一撃の重さが桁違い（けたちが）である。

決して精妙な剣技ではなく、剣術をはじめたばかりの者が教わるような基本的なことしかやってこないので、動きは至極（しごく）読みやすい。だが、その基本もここまで突き詰めれば、かくも強力な剣術にまで昇華（しょうか）できるのかと、一柳斎は目から鱗（うろこ）が落ちるような思いがした。

二人の闘いは、まったくの互角であった。

嵐（あらし）のごとき激しい攻撃を繰り出す典膳と、まるで蝶（ちょう）のようにひらひらと舞うように動く一柳斎が、あるときは絡みつき、あるときは離れ、もう三十合以上は打ち合っているのに決着がつかない。

ただ、互いに紙一重（かみひとえ）で致命傷を避けてはいるものの、ほんの少しだけ刃先が肌をかすめることは数知れず、気づけば典膳も一柳斎も着物の袖（そで）はずたずたに斬り裂かれ、腕や脛には薄い傷がいくつか走り、血がわずかに滲んでいた。

そして何より、二人とも神経を削るようにして相手の動きを読みつつ、そのうえで重い刀を休まず振り続けている。常人ではとっくに音を上げるほどの闘いを続けた二人の体は、水垢離でも取ったかのように汗みずくになっていた。典膳も一柳斎も、肩で息をしながら、気力だけでかろうじて闘志をつないでいる。

少し離れた物陰に、八五郎がいる。

八五郎は隠れて二人の闘いを眺めながら、ひたすらに両手を合わせて天を拝んでいた。途中からはもう直視することができず、目をぎゅっと閉じて伸ばした指先にひたすら念を込めた。目頭から熱い涙がぽたり、ぽたりとこぼれ落ちる。

八五郎には、ただ祈ることしかできない。

二人が闘う羽目になってしまったのは、自分がいらぬ真似をしたせいだというのに、武芸の心得もなく顔を知られるわけにもいかない八五郎には、二人の闘いをどうすることもできないのだ。無力。ひたすらに無力。

ときどき、刃と刃がぶつかる甲高い金属音が聞こえたり、二人が呻き声を漏らすのが聞こえたりするたびに、八五郎はビクンと震えた。それで恐る恐る目を開け、二人が変わらずに対峙しているのを見てホッと胸を撫で下ろした。そんなことがもう何度繰り返されたことだろうか。

だが、八五郎の目から見ても、二人はもう限界である。典膳も同じことを思ったか、ぜえぜえと荒い息を整えながら一柳斎に声をかけた。

「おぬし、浪人くずれの用心棒にしては実に惜しい腕前じゃ。最後に名を聞いておこう」

「己が名乗らずして、人に名を尋ねるとは無礼千万。とはいえ貴殿もさだめし、人に語るような名を持たぬ者であろうが」

そう答える一柳斎の呼吸も荒い。典膳はそれを聞いてフッと笑みを漏らした。

「いかにも。愚問であったな」

すると、一柳斎にしては珍しいことに、自ら進んで口を開いた。

「それがしは名を捨てた男。かつてはたいそうな名を持っていたこともあるが、敬愛する主を失ってのち、すべては甲斐のないものとなった。いまはただ、憎き主の仇を捜し出し、討ち果たすことだけが我が望み」

その言葉を聞いた典膳は意外そうに目を見開いて、しばし、面頬に隠された一柳斎の顔をじっと見つめていた。

「……蓼井氏宗の用心棒として死ぬことは、おぬしの本望であるか」

「それがしは死なぬ。死ぬのは貴殿だ」

「なぜおぬしほどの男が、蓼井氏宗のごとき下劣な男の下風に立ち、番犬のようなことをしておる。拙者は――」

典膳の言葉の続きを、一柳斎はギロリと睨んで目で制した。

――聞くな。

深い哀しみをたたえたその瞳を見て、典膳もすぐさまその意を汲んだか、言いかけた言葉を途中で呑み込んだ。

目の前に立つこの強き男も、いろいろな過去を抱えていまここにいる。

だが、互いの命を懸けた真剣勝負の最中にそれを尋ねるのは、この男がこれまでに積んできた厳しい鍛錬に対して、あまりに失礼であろう。

典膳は満足げに頷くと、しみじみとした口調で言った。

「そうであったな。理由なぞどうでもいい。拙者は主命を帯びて蓼井氏宗を討たねばならぬ。それを阻むのであれば、相手が誰であれ、ただこの剣で斬り捨てるまでのこと」

「そうだ、それでいい。それがしも、己が目的のため、ここでおぬしを斬る」

ザッと草履が地面を擦る音がして、典膳が足を半歩後ろに引いた。一柳斎は下段に構えた刀を、振り子のようにゆっくりと旋回させる。

「……ゆくぞ」

「……うむ」

——間違いねえ。二人とも次の一撃でけりをつけるつもりだ！　二人とも、もうやめてくれよ！　なんで二人が闘わなきゃなんねぇんだ！

冷酷すぎる目の前の現実を直視できず、八五郎は思わず目をそむけた。

渾身の力で地を蹴り、この日最も鋭い神速の突きを繰り出す典膳。それを紙一重の間合いでいなし、飛び込んでくる相手を串刺しにせんと刀を構える一柳斎。二人の刀はそれぞれの急所にあやまたず狙いを定めており、このまま交錯すれば確実に双方の命を奪うことは必定だった。

ガキンと響く、耳障りな金属音。

だが、二人の刃は共に、相手の体を貫くことはなかった。

二人がぶつかり合う寸前、細身の人影がひとつ、いきなり道端の木の上に現れた。その人影がふわりと二人の間に飛び降りると、両手に持った二本の短刀のようなもので、典膳と一柳斎の刀を同時に受け止めたからである。

三

何が起こったのか。

突然の闖入者に、さすがの典膳と一柳斎も状況を理解できず、その場で硬直している。

激突する二人の間に割って入ったのは、袖なしの着物に股引をまとい、頭巾で顔を隠して額に鉢金を巻いた忍びの者だった。顔はよく見えないが、小柄で肩幅の狭い体つきと、手甲と肩の間にのぞく細くて白い二の腕はどう見ても男のものではない。

「ぬうっ。おぬしは、まさか！」

真っ先に反応したのは典膳だった。

なぜ、隠密影同心の任務としての典膳の闘いに、いきなり謎の女忍者が割り込んでくるのか。だが、どうやら典膳には何か心当たりがあるらしい。

女忍者は両手に握った苦無をかち上げ、典膳と一柳斎の刀を弾いた。そして軽々と跳躍すると空中で宙返りして、三間（約五・四メートル）ほど先に音もなく着地した。その身のこなしはまるで山猫のようであり、蝙蝠のようでもあった。

それにしてもこの女忍者、二人の剣の達人が繰り出した攻撃の間に割って入り、双方の刃を同時に受け止めるなど、とても常人のなせる業ではない。いったい何者であろうか。

女忍者は両手に持った二本の苦無で構えを取ると、凜とした声で名乗った。

「私は公儀御庭番お抱えのくノ一、真砂。いらぬ世話とは知りながら、お二人の闘いに割り込ませてもらった」

その名を聞いた典膳が、思わず驚きの声を上げる。

「真砂？　……その名、どこかで聞いたことがある」

すると、真砂と名乗った女忍者は不敵に笑い、男言葉で答えた。

「ふふ、私の名を知っているとは意外な。貴様、さては隠密影同心だな」

「……思い出したぞ。おぬしはあの『夕凪の真砂』か！」

「その名を知っているならば、話が早くてよい。ならば、なぜ私がこの場にいるのかも、あらかた察しがついておるであろう。林の中から一部始終を見届けさせてもらったが、この闘いは無益だ。双方、この場は一旦刀を引け」

「む……」

典膳はそれで得心（とくしん）がいったようだが、一柳斎は意味がわからぬのであろう、女忍者を睨みつけて言った。

「その、公儀御庭番とやらが何者かは知らぬが、侍同士の勝負に水を差すとは無礼な奴じゃ。事と次第によっては、そなたも許さぬぞ」

すると村上典膳は、刀を引いて一柳斎を制した。

「やめておけ。この者には手を出さぬほうが賢明だ」

「なんだと？」

「ご公儀は、諸国の大名たちを監視するために様々な忍びを飼っている。その中でも際立って腕が立つ者たちが選り（よ）すぐられた、上様直属の忍び集団。それが公儀御庭番だ。この者は強いぞ」

「な……」

己と互角に渡り合った典膳がそう断言するのを聞いて、さすがの一柳斎も怯（ひる）んだようだ。

「公儀御庭番には、いかなる敵の攻撃も力を逃がして静かに止めてしまうという、凄腕の忍びがいるとの噂がある。それでついた名が、『夕凪』」

「それが、この女だというのか」

「ああ。こうして実物を見るまで、拙者も半信半疑だったがな……しかし、あの夕凪の真砂が、まさか女だったとは」

典膳の言葉に、真砂は挑発的な口調で嚙みついた。

「女だとわかったから何だ？　何なら、いますぐ闘って本当に強いかどうかを試してやってもいいんだぞ」

そう言って睨みつけてくる真砂に対し、典膳はやれやれとため息をつき、もはや闘う意思はないと示すようにゆっくりと刀を鞘に納めた。かたや、一柳斎のほうはまだ治まらぬ様子である。

「それがしは納得しておらぬぞ、夕凪の真砂とやら。我々の誇りをかけた真剣勝負、何の義理があっておぬしは止めた」

鼻息荒く尋ねるその態度はもはや、蓼井氏宗を警護するという本来の目的などどこかに吹き飛んでしまっている。典膳との勝負に白黒つけたいという、剣客としての本能が一柳斎にそう言わしめているのだろうか。

そんな一柳斎を軽くあしらうように、真砂は平然と答えた。

「そんな顔で睨むな。こんなくだらぬ闘いで、ご両人のような類まれな剣豪が共倒れになるのはいかにも惜しい。傍から見ていてそう思ったから止めた。ただそれだけのことだ」

「そんな言葉で納得できるか」

「じきに全部の片がつき、おぬしもすべてを知るときが来る。しばし時を待て。おぬしとて、本音ではこんな剣を振るいたくはないはず」

そう言われた一柳斎は、思わず言葉を呑み込んだ。

「やむにやまれぬ事情があるのはわかっている。守りたい者がおるのだろう？」

「………」

「だが、いまは刀を引いてほしい。詳しいことは言えぬが、少なくともこの闘いに大義がないことだけは確かだ。私を信じてくれ」

真砂にそう言われた一柳斎は、しばらく俯いて考え込んでいたが、ようやく意を決したように構えを解いた。

「いきなり現れたくノ一の言葉を信じろというほうが、どうかとは思うがな。まあ、とはいえ我が役目は蓼井の命を守ること。あの男はとっくにどこかへ逃げ去ったことだし、もはや闘う理由もなくなった」

そしてゆっくりと刀を鞘に納めると、すっかり穏やかになった声で言った。

「それがしの刀と、かの御仁の刀を同時に受け止めたおぬしの腕は本物じゃ。その腕前に免じて、いまは手を引こう。さらばじゃ」

一柳斎はそう言い残すと踵を返し、蓼井が逃げていった方向に向かって悠々と去っていった。

一柳斎の姿が遠くに消えたところで、典膳は真砂に尋ねた。

「拙者も、蓼井を見失ってしまった以上はここにとどまる理由はないな。夕凪の真砂よ、公儀御庭番はどこまで摑んでいる？」

典膳の問いに、真砂は無愛想に答える。

「隠密影同心と馴れ合うつもりはない。知りたいことがあれば自分で探れ」

冷たく突き放された典膳は、フンと大きく息を吐いた。

「まったく。隠密影同心と公儀御庭番、共にご公儀のために働いておるのだから、互いにいがみ合ったところで詮無きことだというのに」

「貴様らと一緒にするな。我々が忠誠を誓うのは上様お一人だけだ」

公儀御庭番は、その存在を知るわずかな者らの間では大抵嫌われている。

その理由は、ひとつには御庭番が見聞きした内容は直に将軍に伝わるので、下手な振る舞いを見せられないという警戒心である。そしてもうひとつは、御庭番たちは将軍への忠誠心がきわめて強いため、他の組織と決して馴れ合うことがなく、そういった態度が、将軍直属という特別な立場を鼻にかけているような印象を与えがちなためだ。

「まあよかろう。小清河様は責任感の強いお方ゆえ、上様の子飼いである公儀御庭番の手を煩わせるのは恥だ、その前に我々の手で絶対にけりをつけよと仰るだろうが、拙者としてはあの大悪党の蓼井を除くことさえできれば、どちらが手柄を立てようが別にどうでもいい」

典膳はそうつぶやくと、一柳斎が去ったのとは逆方向に歩いていった。その姿を見届けた真砂は小さく頷くと、驚異的な跳躍力で元いた木の上に飛び乗り、そのまま雑木林の中に消えていった。

誰もいなくなった道に、ざわざわと木々を揺らす風の音だけが響く。

その場に一人残された八五郎は、隠れていた物陰から出るのも忘れて、身じろぎもせず呆然と宙を眺めていた。

魂を抜かれたようになっているのは、典膳と一柳斎の死闘に見入りすぎて疲れたからでも、いきなり現れた公儀御庭番のくノ一、真砂の強さに度肝を抜かれたからでもない。

思わず独り言が口をついて出た。

「忍び頭巾で隠れていて目しか見えなかったし、無理して低い声にして男言葉を使ってたしなぁ……そりゃあ、雲井の旦那がちっとも気づかなかったのも無理はねえや。だけど、あの愛嬌ある目つきを俺が見間違えるはずがねえ」

ふうと大きく息を吐いて、そして頭を抱える。

「あのめっぽう強いくノ一、夕凪の真砂だとか言ってたけど、あれ絶対に浜乃ちゃんだよな。なんで浜乃ちゃんが、公儀御庭番なんてやってるんだ？」

四

そこは、どこの武家屋敷であろうか。

行灯の光がゆらゆらと橙色に照らし出す薄暗い室内には、青々と香る新しい畳が敷かれている。一目で上等だとわかる檜の柱は柾目も美しく、屋敷の主がかなりの財力の持ち主であることを窺わせた。

その室内にいるのは、全身汗びっしょりで亀のように縮こまっている蓼井氏宗と、その上座にどっかりと座るもう一人の男だ。蓼井は気の毒なほどに憔悴しきった表情で、哀願するような口調で上座の男に訴えていた。

「黒吉原も、もう潮時でござります！　どうかしまいにさせてくださりませ」

「ならぬ」

「で、ですが……これ以上続けては、どこからか秘密が漏れてしまい、足がついてしまうやもしれませぬ。そのときには、あなた様にもご迷惑が」

「そのような安っぽい言い訳で、いまさら怖気づいて手を引こうとは片腹痛いわ。さてはわしを裏切ろうとの算段であるな、蓼井氏宗よ」

取りつく島もない上座の男の態度に、蓼井は弱りきった様子で慌てて男の疑惑を否定した。

「ち、違います！　これは断じて、私めが大げさに申しておるのではござりませぬ！　先日は勘定所の配下であった黒川が何者かに殺められ、今日は曲者が私に天誅を下すと言うて襲ってまいりましてござります。腕の立つ用心棒がいたので何とか助かったものの、その曲者は確実に、黒吉原の尻尾を掴んでおりました」

蓼井は必死に訴えるが、上座の男はひたすらに冷淡だ。

「襲われたのは、単におぬしの日頃の行いが悪いせいであろう。わしの目も盗んで陰でやりたい放題、ほうぼうで恨みも買っているという話、我が耳に入っておらぬとでも思うたか」

「……え？」

「すべてはおぬしの身から出た錆。わしには一切関わりのないことじゃ。己の力で何とかするがよい」

「そ、そんな……。しかし、最近は白金村の屋敷の周囲に不審な人影があったとか、物盗りはなくとも忍び込まれた形跡があったとか、そんな話がとみに増えております。黒吉原の存在が露見する前に、なにとぞ、なにとぞ、どうか手を引かせてくださりませ！」

「ならぬぞ蓼井。貴様もわしのおかげで、いままでさんざん甘い汁を吸うてきたではないか。そのくせ己の身が危うくなると、こうも簡単に腰砕けになるとは。まったくもって使えぬ男よ」

「し、しかし……」

「これまでの貸しのぶんは、きっちり働いて返してもらうぞ、蓼井。もしおぬしが勝手に手を引いたらどうなるか、わかっておろうな」

「は、ははーっ！」

上座の男の恫喝に、蓼井はもう何も言えなくなり、ただひたすら畳に額を擦り

つけるしかなかった。恐怖のあまり流れた脂汗がぽたりと落ちて、音もなく畳
に吸い込まれていった。

第五章　てめえは、何者だ。

一

市蔵店に帰る途中、八五郎はずっと頭を抱えていた。

どいつもこいつも、俺の周りは裏の顔ばかり。こうも皆がことごとく秘密の顔を持っていると、だんだんわけがわからなくなってくる。

長屋の隣に住む雲井源次郎は、鳴かせの一柳斎。

自分の主である村上典膳は、隠密影同心。

想いを寄せる町娘の浜乃は、公儀御庭番のくノ一、夕凪の真砂。

そして飲み友だちの大工の辰三は、江戸一番の大泥棒、八ツ手小僧ときた。

「こんなことってあるか？　あまりにも裏の顔が多すぎやしねぇか、江戸の町」

八五郎だって実は皆に秘密で、村上典膳の下で「八丁堀の犬」をやっている。

だが、こうも「本物の」裏の顔ばかり見せつけられると、この程度のちっぽけな秘密を自分が律儀に守っていることが馬鹿馬鹿しくなってくる。

「この調子じゃあ、そこらで遊んでる洟垂れ小僧どもの誰かが実は帝の御落胤だったとか、永代橋のあたりをうろついてる薄汚い托鉢僧が実は弘法大師の生まれ変わりだったとか、そんな話があっても俺は絶対に驚かねえぞ」

八五郎はやけっぱちのように、そんな独り言をつぶやいた。

特に八五郎が腑に落ちないのは、浜乃のことだ。

「本当に、浜乃ちゃんがあのめっぽう強い女忍者なんだとしたら、なんでおとなしく尾黒屋に捕まってなんかいるんだ？」

あれほど凄腕の忍びならば、閉じ込められていた納屋から自力で逃げ出すことなど朝飯前だったはずだ。現に浜乃は、黒吉原を抜け出して公儀御庭番の忍び働きをしている。いくら尾黒屋が後を追ったところで、公儀御庭番の力をもってすれば、いくらでも身を隠すことはできるだろう。

八五郎が長屋に着く頃にはもう夜更けで、そろそろ皆が床に就きはじめるような刻限になっていた。それでもこの疑問が気になって居ても立ってもいられなくなった八五郎は、通り二つ離れた惣兵衛店の浜乃の部屋まで行って障子戸をドンドンと叩いた。

「なんでぇ、こんな夜分に誰だ」

独りで晩酌をしていた浜乃の父の藤四郎が、怪訝な顔をして出てきた。

八五郎は用があると言って無理やり部屋に上がり込んだ。人のいい藤四郎はそれを無理には止めず、おめえも飲むかと言って、手元に置いてあった徳利を差し出した。

「おう、浜乃が売り飛ばされる件ならもう話は聞かねえぞ。てめえらの気持ちは涙が出るほどありがてぇが、あれはもう終わったことだ。忘れてくれ」

八五郎は黙って藤四郎に渡された茶碗で酒を受けた。父一人娘一人の長屋に器など何個も転がってはいない。猪口がわりに渡されたそれは、かつて浜乃が使っていた、主を失った小ぶりの茶碗だ。

勢いをつけるため、注がれた酒を一気にぐいと飲み干した八五郎は、茶碗を置くとじっと藤四郎の目を見つめた。かあっと胸のあたりが熱くなって、聞きにくい隠しごとを聞き出すにはちょうどいいくらいに肝が据わった。

「藤四郎さんよ。折り入って聞きてえことがあるんだが」

「どうした、八五郎。そんな神妙な顔して」

「なあ、藤四郎さん。あんたも実は公儀御庭番なのか？」

するとその瞬間、八五郎の視界が突然ぐるんと回転した。さらに右肘に激痛が走ったかと思うと、それを最後に八五郎はぷっつりと意識を失った。

「……はっ！　お、俺ぁどうしちまったんだ？」

次に目を覚ましたとき、八五郎は周囲の景色が見慣れぬものに一変していることに困惑した。自分はどこかの薄暗い、板の間のようなところに寝かされているようだ。少し離れたところに置かれた提灯の光だけが、まったく見覚えのない部屋の中を弱々しく照らし出している。

八五郎は身を起こそうと体を動かしてみたが、うまく手足が動かない。手首に乾いた藁の感触があり、思わず首をひねって目で確かめてみると、両手首を縄で後ろ手に縛られていた。足首も縛られているので、これではまな板の上の魚のように身動きが取れない。

「目ぇ覚めたか、八五郎」

どこからか聞こえてきた恐ろしげな低い声に、八五郎はびくんと震え上がって声のした方向に目をやった。

そこには藤四郎がいた。匕首を手でもてあそびながら、木箱の上に腰かけている。その雰囲気は、つい先ほど人を殺してきたかのように冷たく、普段の温厚な藤四郎とはまるで別人だ。

「お、おい、藤四郎さん！　ここはどこだよ！　俺に何をした！」

「木場にある納屋のひとつだ。周りに人家はひとつもねえし、こんな夜更けじゃ誰も通らねえ。てめえがどんなに泣き叫ぼうが、助けは来ねえ」

「ひいっ！」

そう言いながら、さっきから藤四郎は匕首の刀身で左の手のひらをゆっくりとペチン、ペチンと叩いている。あまりの恐ろしさに八五郎が声も出せずにいると、藤四郎は抑えた声でぼそりとつぶやいた。

「……で、八五郎よ。おめえ、どこで知った？　どこまで知ってる？」

「ちょ……ちょっと、藤四郎さん！　勘弁してくれよ！」

「ギャアギャア吠えるな。俺の問いに答えろ。殺すぞ」

ドスの利いた低い声で、必要なことだけを短い言葉で伝えてくる藤四郎に、八五郎は「本物」の迫力を見た。これは虚仮威しやはったりの類ではない。下手な受け答えをしたら、藤四郎が眉ひとつ動かさずにあっさりと自分の首を落とすであろうことを、八五郎は即座に理解した。

八五郎は涙目になりながら、藤四郎を必死になだめた。

「わかったよ、全部しゃべるから、ちょっとその物騒なもんをしまってくれ」

「俺に命令すんじゃねえ。聞かれたことにだけ答えろ。いいな」

「ひいっ！」

話し合いなど、とてもできそうになかった。

藤四郎に尋ねられるままに、八五郎はこれまでに見聞きしたことを洗いざらい話すよりほかになかった。

「見ちまったんだよ。浜乃ちゃんが、鳴かせの一柳斎と村上様の闘いの間に割って入るところをよ」

「なんで、てめえがそんな場に居合わせてんだ」

「そりゃあ、俺のせいで村上様と一柳斎が闘う羽目になっちまったから、何とかして止められねえかと思って……まあ、とはいっても俺なんかが出てったところで、結局何もできねえんだが」

べそをかきながら経緯を語る八五郎の言葉に、藤四郎が怪訝な顔をした。声が明らかに苛立っている。

「……ちょっと待て、八五郎。さっきから、てめえがいってえ何を言ってんのかさっぱりだ。なんで、てめえごときのせいで鳴かせの一柳斎たちが闘う羽目になるんだ。というか、さっきからちょいちょい名が出てくるその、村上様って奴は誰だ」

「俺の飼い主の村上典膳様だよォ。俺は昔、ちょっとした盗みで捕まっちまって、それ以来、みんなには内緒で南町の同心の下で間者の真似事をやってたんだ」

「む？」

「で、村上様は俺の飼い主で、南町の定廻り同心だ。普段はくそ真面目で何の面白みもねえお方だが、それは世を欺く仮の姿でさ。本当のあのお方は、めっぽう腕の立つ剣の遣い手で、老中の小清河様にお仕えする隠密影同心よ」

それを聞いた藤四郎は表情を一変させ、ごくり、とゆっくり唾を呑み込んだ。

八五郎の言っていることがどこまで本当なのか、藤四郎は必死で見極めようとしているようだった。にわかには信じがたい話だが、かといって八五郎のような馬鹿正直な男が、こんな込み入った嘘をつけるとも思えない。

そこで藤四郎は、とりあえず黙って八五郎の話に耳を傾けることにして、八五郎に話を続けるよう促した。八五郎は観念して、これまでに起きた出来事を洗いざらい話した。

村上典膳が隠密影同心として、蓼井氏宗の腹心を襲って話を聞き出そうとしている場に偶然出くわしてしまったこと。

隠密影同心に黒吉原の場所を教えて蓼井を成敗してもらおうと考えて、尾黒屋にもう一度忍び込んだこと。そしたら浜乃たちが駕籠に乗せられて連れ出されるのを目撃したので、その後をつけて黒吉原の場所を摑んだこと。ところが、鳴かせの一柳斎が蓼井の用心棒として雇われたため、典膳と一柳斎が敵同士になってしまったこと。それで、自分には何もできないまでも、せめて様子を見に行ったら、いきなり浜乃が二人の闘いに割り込んできたこと――。

「鳴かずの一柳斎が実は雲井の旦那だって話も、どうせ浜乃ちゃんから全部聞いてんだろ、藤四郎さん」

八五郎が尋ねると、藤四郎は重々しく頷いた。

「浜乃には、ほどほどのところで帰ってこいと命じていた。おめえがいろいろ知りすぎてるのは、なにかと都合が悪いからな。それで、おめえと浜乃が帰ったあと、公儀御庭番の別の忍びがこっそりその先を引き継いで、雲井源次郎が鳴かせの一柳斎に変わるところまでを見届けている」

「そこまでできるくせに、村上様が隠密影同心だってことは知らなかったのかよ。てめえら、同じご公儀の中の連中だろうが」

八五郎が呆れたような声で言うが、藤四郎は黙して何も答えない。

隠密影同心は老中の直属で、公儀御庭番は将軍の直属である。

それぞれが独立して別個に動いている組織であるが、似たような使命を帯びているため任務が重なることも多く、現場において二つの組織の対抗意識は激しかった。そのため、隠密影同心も公儀御庭番も、そこにどんな人物が属しているのかを互いにほとんど知らないのだ。

「うるせえ、いろいろあんだよ。だいたい、どうして間抜けなてめえがそんな、公儀御庭番ですら摑めなかったような秘密にたどり着けたんだ」

「たまたまだよ」

「鳴かずの一柳斎だって、俺たちの力をもってしてもいままで正体を摑めてなかったんだぞ。てめえが教えてくれなければ、永遠にわからずじまいだった」

「でもよ、お上が正体を摑んでるってことは、雲井の旦那、いずれ人斬りの罪で捕まっちまうってことなのか？」

「いや、それはねえ。いまのところお上はお目こぼしする方向だ」

「おお……そうなのかぁ……それはよかった……」

八五郎が心底ほっとしたような声を上げた。

「一柳斎が斬るのは武士だけだし、あまり評判のよろしくない連中ばかりだ。それに奴は、斬る前に必ず相手に逃げ道を与えてる。となると、むしろ責められるのは鍛錬の足りねえ斬られた侍のほうだ。まあ、変なことをしでかさねえように動きはいちおう摑んでおくが、ご公儀にしてみりゃ、むしろ一柳斎みたいなのがいてくれたほうが、たるんでる幕臣どもも武芸に身が入って好都合ってなくらいなもんだ」

「そうかぁ……俺はてっきり、雲井の旦那が打首にされちまうかもと思って、心配で心配で……」

素直に源次郎の身を案じる、八五郎の善良そのものの表情を見ながら、藤四郎はやれやれとため息をついた。

「それにしても、村上典膳だけでなく、一柳斎の正体まで暴いちまうたぁ、八五郎、てめえはいってえ何者なんだよ」

「たまたまだよ」

やけっぱちで再びそう吐き捨てた八五郎の顔を、藤四郎がじろりとのぞき込んだ。

「……まさかてめえ、ほかにもそんな話があったりしねえだろうな」

　ぎくり。

　藤四郎の言葉に、八五郎の目があからさまに泳ぐ。あまりにわかりやすい狼狽ぶりに藤四郎は呆れたような表情になり、ドスの利いた声で八五郎に脅しをかけた。

「おいこら、八五郎。隠しごとはよろしくねえな」

　そう言いながら匕首を持ち換えて、切っ先を八五郎のほうに向けると、たったそれだけで八五郎は涙目になり、悲痛な叫び声を上げた。

「な、何も隠しちゃいねえよ、藤四郎さん！」

「……なあ、八五郎。あのな、忍びってのはなにも、お屋敷に忍び込んで秘密を盗んでくるだけが仕事じゃあねえんだ。よからぬことを企んでる悪党をしょっ引いてきて、あの手この手で痛めつけて口を割らせるってのも、忍びの大切な役目のひとつなんだよ――俺が何を言いてえか、わかるよな、八五郎」

　途端に八五郎は真っ青になり、鶏が絞め殺されるような情けない声を上げた。

「てめえには、これまでもいろいろ世話にはなってる。さすがに俺だって鬼じゃねえし、この手でてめえを痛めつけるのは忍びねえ」

「お、おう、そうだよな！　そうだよな、藤四郎さん！」

「だから、そういうのが得意な奴にやらせる」

「世話になったから、大目に見てくれるってんじゃねえのかよ！」

藤四郎は八五郎に顔を近づけ、じっとその目を見ながらゆっくりと言った。

「八五郎よう……忍びの中にもいろんな奴がいてなぁ。体術が得意な奴、隠れるのが上手い奴……それで、中には人を痛めつけて秘密を吐かせるのが得意って奴もいるのよ。他人が悶絶してる様を見るのが三度の飯よりも好きで、喜んでやりたがるってえおかしな野郎さ。俺はそんな奴に頼――」

「しゃべります、しゃべります！　勘弁してくれよもう！」

「本当だな」

「ああ！　全部しゃべるよ！　ただ……」

「なんだ？」

「俺は断じて、痛めつけられるのが怖くてしゃべるんじゃねえ。藤四郎さんを信じてるからこそしゃべるんだ。だからよ、頼むから、これから言うことは全部、藤四郎さんの胸の内だけにとどめておいてくんねえかな」

この期に及んで勿体をつける八五郎の言葉に、藤四郎はうんざりしたような顔になり、

「そいつは内容によるな」

とだけ答えた。それを聞いて八五郎はほんの少しだけ逡巡したが、意を決したように重い口を開く。

「……俺らがいつも世話になってる、辰三親方のことだ」

「辰三がどうしたんだ」

「辰三親方は、実は八ツ手小僧だ。こないだ留守のところを部屋に上がり込んだら、八ツ手の木札と焼きごてと、盗んだ小判を何枚か見つけた」

「……はあぁ？」

藤四郎は絶句した。凄腕揃いの公儀御庭番をもってしても、これまでまったく摑めていなかった江戸の秘密という秘密を、どうしてこう、この何の取り柄もない棒手振りが次々に暴き出すのか。

「なあ、藤四郎さんだって、あの人のいい辰三親方がしょっ引かれて打首獄門にされるのは嫌だろ？　だいたい、人気者の八ツ手小僧が捕まって処刑されるなんてことになったら、江戸中の庶民が怒り狂って、斧や鎌を持って小塚原と奉行

所に押し寄せるぞ。それじゃ逆に、お上に迷惑がかかっちまう」

八五郎はない頭を必死にひねって、藤四郎が辰三のことを見逃そうと思ってくれそうな理由をまくし立てた。

だが藤四郎は上の空で、八五郎の口から次々と飛び出す驚くべき秘密の数々を前にして、必死で考えをまとめている様子だった。しばらく黙り込んだあと、ようやく絞り出すように口を開いた。

「……八五郎、てめえ、何者だ？」

「何者もくそもあるか。ただの八五郎だよ俺は！」

「いったいどうやって、そんな秘密を次々と――」

「だから、何度も言ってるように、たまたまだってば！」

いくじなしの八五郎も、本人が一番戸惑っていることの説明を延々とやらされているうちに、いいかげん堪忍袋の緒が切れてきた。とうとう捨て鉢になり、堰が切れたように早口で藤四郎にまくし立てた。

「浜乃ちゃんとあんただって忍者だったわけだし、どうしてこう、どいつもこいつも江戸ってのはこんなに裏の顔だらけなんだ？　裏の顔がなきゃ、江戸じゃ話にならねえってことかい？　ああん？　……まったく、どうしてこんなことになっちまったのか、こっちが聞きてぇくれえだよ！」

最後は涙声になってぼやく八五郎に、藤四郎は「ちげえねえ」と放心状態でつぶやいた。

それまでずっと、やくざ者のような恐ろしい声と顔つきをしていた藤四郎が、驚愕のあまり若干いつもの調子に戻ったように見えたので、八五郎はますます勢いづいて藤四郎に食ってかかった。

「それよりも教えてくれよ、藤四郎さん！　なんで浜乃ちゃんはあんなに強いのに、尾黒屋なんかに黙って捕まってたんだ」

藤四郎はむっつりと黙って、その問いには答えない。

「あれだけ凄腕のくノ一なんだ、なんでほかの娘たちを連れてさっさと逃げ出さねぇんだ。おい、てめえら公方様の直属だか何だか知らねえが、ふざけんじゃねえぞ。浜乃ちゃんを助けるには五十両が必要だってんで、俺たちは本気で心配して、自分らでできることをやろうとしたんだ。それで俺は村上様に黒吉原の場所を教えたし、雲井の旦那は蓼井の野郎の用心棒になった。要するに、雲井の旦那と村上様が闘う羽目になったのも、全部てめえらのせいだってことだ」

八五郎が激しくなじっても、藤四郎の表情は石像のように硬いままだ。

「こちとら、てめえらのせいでさんざん迷惑を被ってんだよ。なんで浜乃ちゃんが尾黒屋に捕まってんのか、せめてそれくらいは教えてくれたっていいだろうが！……なあ、藤四郎さん知ってるか。辰三親方はな、今度、八ツ手小僧になって尾黒屋に忍び込もうとしてんだよ。それで、盗んだ金の中から五十両をあんたの家の軒先にばらまいて、浜乃ちゃんを救おうってぇ算段だ」

「なに？」

それを聞いて、ほんの少しだけ藤四郎の表情に動揺が走った。

「辰三親方の家に、忍び込む道を朱で描き込んだ尾黒屋の図面があったんだ。だけどよ、その図面は古いんだ。なあ、藤四郎さん、俺が尾黒屋にこっそりと上がり込んで、浜乃ちゃんに会ったってことは知ってんだろ」

「ああ、浜乃から知らせを受けている」

「そのときに俺は尾黒屋の屋敷に入ってるから、中の様子はよーくわかってる。いまはすっかり間取りが変えられてて、罠だらけなんだぜあの屋敷。古い図面を信じて忍び込んだりした日には、辰三親方はひとたまりもねえ。八ツ手小僧は罠にかかってきっと捕まる。そんで打首獄門だ」

「…………」

「わかるか？　あんたら公儀御庭番が妙な猿芝居を打ったせいで、辰三親方は尾黒屋に捕まって死ぬし、雲井の旦那も蓼井の野郎を守って死ぬんだよ！　あんたらが何の主命を帯びてんだか知らねえけどよ、あの二人はただ、不憫な浜乃ちゃんを助けてえっていう一心で、己の身も顧みねえで秘かに五十両を工面しようとしてくれてるんだぞ！　なあ、それを聞いても何とも思わねえのかよ、この人でなし！」

八五郎に怒鳴りつけられ、それまで石のような無表情を保っていた藤四郎の顔がわずかに歪んだ。

「本当に、気持ちのいい人たちじゃねえか……辰三親方も雲井の旦那も、誰にも告げねえで、たった一人で黙って身を削って、他人を助けようとしてくれてんだぞ。なんでだよ……なんでこんな、骨があって粋な人たちが殺されて、くだらねえ奴らばっかりが生き残らなきゃならねえんだよ！」

悪態をついているうちに、八五郎は情けなくなって涙がこぼれてきた。藤四郎に対する怒りもあったが、それと同じくらい、何もできぬ自分自身に腹が立ってきて、童のように泣きじゃくりながら、八つ当たりのようにありったけの罵詈雑言を吐いた。

八五郎は手足を縛り上げられて身動きが取れないし、藤四郎の手には匕首が握られている。

八五郎は、知ってはいけないことをあまりにも知りすぎている。それに何より、八五郎はさっきから、公儀の神聖なお役目を辱めるような暴言を吐きまくっている。藤四郎が背負っている公儀御庭番の重い使命からいったら、ここはいますぐ八五郎の息の根を止めて、口封じをするのが正しい判断だ。

だが、藤四郎はそうしなかった。そのかわりに、呻くように言った。

「まさか、この町内の連中が、こんなにもお節介焼きだとは夢にも思っていなかったんだよ……」

「なめんなよ！　深川の連中なんて、どいつもこいつもこんなもんだ！」

そう言って八五郎が啖呵を切ると、藤四郎はしばらく黙りこくったあと、聞こえるか聞こえないかという小声でぼそりとつぶやいた。

「浜乃が捕まったのは、尾黒屋に潜入して蓼井の悪事の尻尾を摑むためだ」

「……え？」

「わざと尾黒屋に捕まれば、誰も突き止められなかった黒吉原の場所を手っ取り早く探ることができる。それに何よりも大きいのは、囚われの身になった娘たちと中で接触できることだ。奴らがなかなか尻尾を出さねえもんだから、思いのほか時が経っちまってな。絶望した娘たちが早まったことをしねえよう、じきに助けが来ることを秘かに伝えるのも浜乃の役目だ」

「そ、そうだったのか……」

「その仕事のために、俺はわざと尾黒屋に騙されたふりをして五十両の借金を作って、尾黒屋に浜乃を潜入させた」

「あ……」

つまり、すべては一刻も早くこの件にけりをつけるための芝居だったのだ。実の娘を奪われたというのに藤四郎がやけに諦めがよく、薄情に見えたのもそれが理由だった。公儀御庭番の企てはきわめて緻密なものだったのだが、予想を超えて情に厚すぎる深川の連中の振る舞いが、結果としてこの件を実にややこしい話にしてしまった。

八五郎は驚きの声を上げ、首をねじって藤四郎の表情を見ようとしたが、藤四郎は顔を逸らした。

「八五郎、いま聞いた話はきれいさっぱり忘れろよ。誰にも絶対に口外すんじゃねえ。さもないと殺されるからな、おめえ」

「ひいっ！」

「それで、明日の朝になったらすぐに村上典膳のところに行け。俺たちは、蓼井が二十七日の夜に、お偉方を黒吉原に招いてどんちゃん騒ぎをするってことを嗅ぎつけている。それを町中で聞いた噂話ってことにして、その日が狙い目だと村上典膳に伝えろ」

「で、でもそんなことをしたら、また村上様と雲井の旦那は殺し合いに――」

藤四郎が何を考えているのか、八五郎にはさっぱり読めない。

しかし、次に藤四郎が発した言葉は、どこか頼もしさのある、固い決意のこもったものだった。

「安心しろ。村上典膳と雲井源次郎の闘いは浜乃が何とかする。辰三も俺が絶対に捕まらせやしねえ。約束する」

声色は相変わらずドスが利いていて恐ろしげだが、その言葉は信じられると八五郎は思った。八五郎がゆっくりと頷くと、藤四郎は言った。

「だからてめえはこれ以上、この話には首を突っ込むな。公儀御庭番に隠密影同心に黒吉原。てめえは少しばかり、江戸の裏の顔を知りすぎた。これじゃあ命がいくつあっても足りねえぞ」

「う……」

「さあ行け、八五郎。いいか、将軍徳川吉宗公は物事の道理をよくおわかりになっているお方だ。てめえみてえな庶民にとっちゃ、お上なんざ民をいじめて甘い汁を吸ってばかりの害虫のようなもんかもしれねえが、少しはお上を信じてみろ」

そう言うと藤四郎は、八五郎の手足を縛っている縄を切った。解放された八五郎はゆっくりと立ち上がると、無言のまま納屋を出た。

出がけにちらりと振り返って藤四郎のほうを見たら、手に持った提灯の光にぼんやりと橙色(だいだいいろ)に照らされた藤四郎は、深い陰影(いんえい)をたたえながらも、どこか優しげな顔をしていた。

二

それは、遠い日の記憶。

日の光が眩(まぶ)しすぎてよく見えず、思わず目を細めてしまう。どうやら夏の暑い昼下がりのようだ。雲井源次郎は広大な武家屋敷の中庭にいて、目の前にいる己の主(あるじ)が一心不乱に剣の稽古(けいこ)に励(はげ)む様子を、後ろに控えてじっと見つめていた。

この武家屋敷の景色に、源次郎はよく見覚えがある。あまりの懐かしさに、源次郎は胸にぐっと込み上げてくるものを必死で呑み込んだ。

青山勘解由様、それがしは――。

「忠左衛門、さっきの余の太刀筋はどうじゃ」

青山勘解由はそう言って、雲井源次郎のほうを振り返って笑った。諸肌脱ぎした勘解由の背中にはたくましい筋骨が浮き出ていて、無駄な脂はひとつもついていない。それはひとえに、日頃のたゆまぬ鍛錬と節制の賜物であった。

青山勘解由の前には、三つに斬られた巻藁が転がっている。上段から袈裟懸けに斬られたあと、返す刀で素早く左一文字に薙ぎ払われた巻藁は、中にあった竹の芯まですっぱりと、鮮やかな斬り口で断ち斬られていた。

尊敬する主に尋ねられ、源次郎は頭を下げて「お見事にござりました」と答えた。それは決して嘘偽りのない素直な感想だったのだが、主はその答えに納得せず、苦笑しながら言った。

「主君だからといって追従は言わずともよい。おぬしの剣のような、力を入れずして力を込めて断ち斬る、精妙の域にはまだまだ及ばぬ」

主に持ち上げられてしまった源次郎は、慌てて言葉を返した。

「いえ、それがしは生まれつき体の線が細く、膂力において人に劣っておりましたゆえ、やむを得ず柔の剣を究めんと志したまでのこと。人それぞれに持って生まれた体は異なっており、その体に合った剣の道も十人十色にございます。勘解由様はそれがしよりもずっと恵まれた体軀をお持ちですから、我が剣をただ真似るのではなく、いまのご自分の剣を突き詰めていかれるのが、至高の域に達する一番の近道であろうかと」

「ふふふ、そうか。おぬしがそう言うのであれば、いまの褒め言葉、素直に受け取っておくことにしよう」

そう言うと、青山勘解由は左手を鞘に添え、ゆっくりと刀を納めた。すると鞘と刀身がわずかにこすれて、

――しゃりん。

という澄んだ音が周囲に響き渡った。その刀こそ、青山家に伝わる重代の秘宝、名刀金錫丸である。

金錫丸は、いかなる刀工がどんな秘術を用いて鍛えたのか、刀を鞘に抜き差しするときに、まるで錫杖が鳴るような「しゃりん」という妙なる音が鳴り響く。

その玲瓏たる音色はまるで、持ち主である青山勘解由の高潔な精神を体現しているかのようであり、源次郎は勘解由と共に日課の稽古に励むとき、その涼やかな刀の音を聞くのを秘かな楽しみとしていた。

ああ、勘解由様――。

私はあなた様の家臣となれたことを、心から天に感謝いたします。

あなた様がその背中で示してくださった、武士としての生きる道。それはもはや我が人生の行く末を照らす光として、大切な私の一部となっております。私はあなた様から、あまりにも多くのものを受け取りすぎてしまった――。

そんな青山勘解由は、幕臣たちの不正を取り締まる御目付の職にあった。清廉潔白な硬骨漢である勘解由は、あくまでも己の職責に忠実に、たとえ地位の高い者であっても一切忖度はせず、厳しく公正にその非違を糺していた。

それゆえ、秘かに勘解由を煙たがる者も幕閣には多く、屋敷の周囲をうろつく不審な者の姿を見かけるようなことも一度や二度ではなかった。

見かねた源次郎はあるとき、主の身を案じて「他の幕臣と同じように、勘解由様ももう少し職務に手心を加えられては」と進言した。だが、青山勘解由はひと

つの迷いもなく、

「我が身かわいさに己の務めを怠っては、死んだも同然」

と言い切った。

源次郎は、勘解由のその覚悟のほどに深く感銘を受け、悪の脅しに屈して卑屈な進言をしてしまった己の弱さを恥じた。

そして、ならば自分は己が剣の腕をさらに磨き上げ、常に勘解由のそば近くにあって、自らの命にかえてもその身をお守りするのみであると、改めてそう心に誓ったのだった。


そんな遠い記憶は、温かさと、そして針で胸を突くような痛みと共にあった。

——一柳斎様、一柳斎様！

何度も自分を呼ぶ声が、どこからか聞こえてくる。

「……はっ！」

「一柳斎様、蓼井様がお呼びでございます。お戻りくださりませ」

源次郎が我に返ると、蓼井氏宗の身の回りの世話をする小姓が、困惑した表情でこちらを見つめていた。どうやら、小姓はかなりの回数、源次郎に声をかけていたようだ。

「う……うむ。わかった」

源次郎は申し訳なさそうに答えながら、ゆっくりと立ち上がった。

秘密の手紙を書くからと言って蓼井がしばらく人払いを命じたので、その間に源次郎は近くの部屋で控えていたのだった。その途中でふと緊張の糸が切れて、つい居眠りをしてしまったらしい。

――青山勘解由様をお守りしていたときの私は、決してこのような迂闊な真似はしなかった。浜乃殿を助けるためとはいえ、金欲しさにかような下劣な者の命を守らねばならぬとは、まったく心が奮い立たぬ……。

源次郎は軽くため息をつくと、小姓の後について蓼井の居室に向かった。

三

黒吉原の一角に設けられた部屋で、蓼井氏宗は独り煩悶していた。

「ああ……もうどうすればよい……このままでは……」

ぼりぼりと頭を掻きながら、苛立ちを隠そうともせずブツブツつぶやく蓼井の傍らには、黒漆塗りの面頬を着けた、鳴かせの一柳斎こと雲井源次郎が背筋を伸ばして座っている。その腕にはうっすらと血が滲んだ晒が巻かれていた。

「まったく、斬りかかってきた曲者を討ち取れぬばかりか、その正体も見当がつかずに逃がすとはなんたる失態じゃ。わしから五十両もふんだくっておきながら、見かけ倒しにもほどがある」

憎々しげにそう悪態をつく蓼井に対して、一柳斎はにこりともせず冷たく切り返した。

「そちらこそ、一日だけ暇をもらって給金の五十両を持ち帰りたいと、それがしがさんざん申しておるのに、おぬしはいっこうに聞き入れようとせぬ。どうせ最初から、五十両を払う気などないのであろう」

「馬鹿者！　その一日の暇の間に、わしが討ち取られてしまっては元も子もないではないか！」

「その日は一日中、布団でもかぶって屋敷の奥で丸まっておればよかろう。いずれにせよ、晦日までに金を持ち帰る暇をもらえぬようでは、もともと用心棒をする意味もない。いますぐ辞めさせてもらう」

「お、おい！　そんな身勝手が許されると思うなよ、この役立たず！」

一柳斎が蓼井の用心棒を引き受けて以来、二人は毎日この調子である。

蓼井は一柳斎を雇うにあたって、最初は半年で十両という給金を提示した。これでも十分に破格の金額だが、もとより浜乃の借金を返すのが目的の一柳斎は、五十両を前金で払うのであれば考えてもよいと答えた。

あまりにも法外な一柳斎の要求に蓼井は腹を立て、ならば二十両、三十両としつこく食い下がったのだが、五十両以外の答えはないと言って一柳斎が会話を打ち切って去ろうとするに至り、渋々ながら折れて五十両を支払うことを受け入れたのだった。

そんな経緯があっただけに二人の間は最初から険悪で、一柳斎としては、こんな了見(りようけん)の狭い男を守るために命を張らねばならぬことに、自分の腸(はらわた)が腐っていくような脱力感をおぼえていた。これもすべては浜乃を救うためだと、一柳斎は胸の内で何度も繰り返した。

そんな一柳斎のことなどお構いなしに、蓼井はさっきから落ち着かぬ様子でブツブツと自問自答している。

「それにしても、わしの命を狙ってきたあの男、いったいどこの手の者であろうか……」

「心当たりがありすぎて相手を絞り切れぬか。自業自得だな」

「うるさい！　黙っとれ下郎！」

一柳斎は、襲ってきた男が何者であるかを知っている。だが、こんな腐った奴にそれを親切に教えてやる義理もないと、すべてを黙っておくことにした。さっさとその場を逃げ出した蓼井には、その後に何が起こっていたのかを知る由もないのだ。

隠密影同心なる謎の組織に属する、謎の剣客。

公儀御庭番なる将軍直属の忍者軍団に属する、「夕凪の真砂」と称するくノ一。

二人とも、とんでもない手練れだった。

一柳斎はいまでも、ふとした瞬間に二人との立ち合いの場面が脳裏に蘇ってきては、毛穴がチリチリと灼けるような緊張感をおぼえる。

隠密影同心と言われていた男は、明らかに蓼井の命を狙ってきていた。

公儀御庭番のくノ一のほうは、敵か味方かはよくわからない。しかし、少なくともあの忍びが蓼井の周囲を嗅ぎ回っていたことは間違いなく、ということは敵である可能性のほうがずっと高いだろう。

――あんな凄腕を二人も相手にして、用心棒の自分ははたして生きていられるのだろうか……。

浜乃を助けるためならば多少の汚れ仕事もやむなしと、一柳斎は蓼井のごとき奸賊（かんぞく）の下で働くことを甘んじて受け入れたわけだが、まさかここまでの命がけの仕事になるとは思ってもいなかった。

一柳斎は己の判断を悔（く）やんだが、いまさらもう後戻りはできない。

一柳斎が黙って蓼井に冷ややかな目を向けていると、襖（ふすま）の向こうから、「失礼いたします」という女の声が聞こえた。

蓼井が傲慢（ごうまん）な口調で「入れ」と命じると、音もなく襖が開き、歳の頃十九ほどの娘が現れて深々と頭を下げた。

「殿様、お茶をお持ちいたしました」

「そこいらへんに置いておけ」

「お客様のぶんは、どこへお持ちすればよろしいでしょうか」

娘が尋ねると、蓼井は忌々（いまいま）しげに怒鳴った。

「お客様？　こいつはわしの飼い犬じゃ。茶など用意せんでよい！」

「いえいえ殿様、せっかく淹（い）れたというのに、それではお茶がもったいのうございます」

かなり厳しく蓼井に叱りつけられたというのに、娘はさして恐れる様子もなく笑ってその叱責を受け流した。そして蓼井の前に茶を置くと、続いて一柳斎の前にも茶托を出し、その上に湯呑みを置いた。

ずいぶんと肝の据わった娘だと、感心しながらその顔をのぞき込んだ一柳斎は、思わず目を見張った。

「……どうかなされましたか、お侍様？」

「え？　い、いや。何でもない」

驚愕のあまり思わず口ごもる一柳斎に、娘はにっこりと微笑んで一礼すると黙って下がっていった。娘の足音が遠ざかると、一柳斎は努めて冷静さを保ちながら蓼井に尋ねた。

「いまの娘、あれは何者だ」

「ん？　なんだおぬし、あの女に興味があるのか」

「いや、武家の奉公人にしては立ち居振る舞いがぎこちなかった。きちんと躾けられておらぬ、ただの町娘という風情だったので不審に思っただけじゃ」

「ああ、それも当然じゃろうな。あやつはただの、深川に住む貧乏な職人の娘じゃ。名はたしか、浜乃とか言うたか」

それを聞いた一柳斎の目がくわっと大きく見開き、食いしばった口元には憤怒（ふんぬ）の皺（しわ）が寄る。だが、黒漆の面頬に隠されて蓼井はそれに気づいていない。

——なぜ、尾黒屋に囚われているはずの浜乃殿がこんな場所にいるのだ。

さりげない無駄話の態（てい）を必死で装（よそお）いながら、一柳斎は蓼井に尋ねた。

「そんな、礼儀作法もなっておらぬ娘を召し抱えてどうするつもりだ。客に粗相（そそう）でもあっては一大事だぞ」

「なあに、これは来月まで待つ間の、事前の品定めのようなもの。あの娘はどうせ表には出さぬゆえ心配いらぬわ。そもそも、表になど出せるわけがない」

「どういうことだ？」

キッと睨（にら）みつけた一柳斎に、蓼井は下卑（げび）た笑みを浮かべて尋ねた。

「ぐふふふ。どうした一柳斎、やけにあの娘にこだわるではないか。さては気に入ったか」

「うるさい！　あの娘は何だと聞いておる！」

「ははは、図星のようじゃな、まあよかろう。あの娘はな、借金のかたとして尾黒屋に売り飛ばされたのを、慰（なぐさ）みものとしてわしが手に入れたのよ」

その言葉に、一柳斎は思わず息を呑む。蓼井は得意げに続けた。

「今月中に借りた五十両を返さねば、あやつはわしのものになるのじゃが、実に健気な娘でな。少しでも借金を返す足しにしたいので、ここで小間使いをさせてほしいと自分から言うてきおったゆえ好きにさせておる。ま、たかが数日働いたところで、そんなはした金は焼け石に水だというのに、まったく馬鹿な女よ」

「勘定奉行が人買いから女を買うとは、ご公儀も堕ちたものじゃな」

「ふん。何とでも言うがよい、この貧乏侍が。そもそも、わしが買うたのはあの娘だけではないぞ」

「む？」

「おぬしはこの屋敷に来るのは今日が初めてのことゆえ、なぜこんな鄙びた村の深い林の中に、このような場違いな屋敷があるのかと不審に思うたであろう。実は、ここはわしが心血を注いで作り上げた秘密の花園なのじゃ。すでにわしはもう何人も、器量よしの町娘たちを集めては、この屋敷の離れに囲っておるのよ」

「――なんだと？」

「だがな、つい調子に乗って娘どもを集めすぎて、とてもわし一人では相手をしきれぬようになってしもうてな。それで近頃は、大っぴらに悪所通いもできぬような、やんごとなき立場のお方たちをここにお連れして、共に愉しむようにしておるわ。そのおかげで、わしはお偉方の覚えもめでたくなる一方で、まさに一挙(いっきょ)両得(りょうとく)じゃ」

「畜生にもほどがある。反吐(へど)が出るな」

一柳斎はそう吐き捨てると、忌々しげに大きなため息をついた。しかし蓼井は一柳斎に軽蔑(けいべつ)のまなざしで睨まれたことを恥じるどころか、むしろ得意げに言った。

「ふふふ、格好をつけるでないぞ一柳斎。おぬしも男、ただの木石(ぼくせき)でもあるまい。どうした、さっきの娘にやけにご執心(しゅうしん)のようではないか。いいだろう。もしおぬしがこの先一生、用心棒として我が命を守ると約束するのであれば、あの娘をおぬしにくれてやってもいいぞ。歳は十九で、少しばかり薹(とう)が立ってはおるが、まだ十分に具合はよかろう」

「言うにゃ及ぶ。黙れ」

「ぐふふ。来月までに決めねば、わしが先に手をつけてしまうぞ。それまでの間、せいぜいじっくりと考えるがよい」

下卑た笑みを浮かべながら挑発してくる蓼井に対して、一柳斎は無言でそっぽを向くことで答えた。そして同時に、心の中で激しく己を責めた。

囚われの浜乃を助けたい一心で蓼井氏宗の用心棒となったというのに、その浜乃を捕らえさせたのが、まさかその蓼井だったとは。

――自分はいったい、何をやっているのだ。

いまをさかのぼること三年前のこと。

雲井源次郎の主君、青山勘解由は何者かによって夜道で卑劣な闇討ちに遭い、非業の死を遂げた。それ以来、主の命を守れなかった源次郎は青山家を辞して浪人となり、青山勘解由を闇討ちさせた者を捜す復讐の鬼、「鳴かせの一柳斎」となった。

――己の剣はただひとつ、憎き主君の仇を討つためだけに振るう。

そのときに一柳斎は、黄泉の青山勘解由に向けてそう誓った。それなのに、気づけば己の剣は、くだらぬ男を守るための凶刃に成り下がっていた。

――あまりにも不甲斐ない。これでは勘解由様に合わせる顔がない。

一柳斎は黒い面頬の下で、一人悔恨の涙を流した。

四

藤四郎に言われたとおりに、八五郎は翌日の朝早くから南町奉行所の前に張り込んで、村上典膳を待ち構えた。

奉行所の門から典膳が出てくるのを見るや、八五郎が慌てて駆け寄ってきたので、典膳の供を務めていた中間（ちゆうげん）は「無礼であるぞ」と八五郎を一喝（いつかつ）した。

だが八五郎には、典膳が自分を追い返すはずがないとわかっている。案の定、典膳は「よい」と言って中間をたしなめると、この者と内密の話があるのでおぬしらは少し離れておれと命じ、人のいない堀端（ほりばた）に移動した。

典膳は両腕に白い晒を巻いていて、頬（ほお）には小さな切り傷が赤く残っていた。いかがなされましたかと八五郎が尋ねると、何でもない、詮索（せんさく）は無用じゃと典膳が不機嫌そうに答えたので、八五郎はさっそく本題に入った。

「実は、こないだお伝えした黒吉原の件でごぜえやすが」

「その件は目付の仕事じゃ。町方の同心である拙者には与（あずか）り知らぬことと申したではないか」

典膳の見え透（す）いた芝居に、八五郎は少しだけ意地悪をしてみたくなった。

「へ、へえ。そうでございましたな。これはこれは、大変失礼いたしました。いやあ、何しろあっしには村上様しかお頼みできる方がおりませんで、つい。それでは、あっしはこれにて失礼させ――」

「まあよい。拙者には何もできぬが、せめて話くらいは聞いてやろう」

「いえいえ、村上様もお忙しいでしょうし、あっしのような下賤(げせん)の者が――」

「よいから話せ！」

真面目くさった顔で一喝する典膳の様子に、八五郎は思わず吹き出しそうになるのを必死でこらえた。そして、蓼井氏宗が二十七日の夜に白金村の黒吉原に籠(こ)もり、夜通しで酒池肉林(しゅちにくりん)の宴(うたげ)を催(もよお)すという噂を聞いたと伝えた。

「二十七日？」

「へえ。なんでも、やんごとない方々を幾人も集めて、口に出すのも憚(はばか)られるような、いかがわしい遊びをやるとかやらないとか……まあ、噂には尾ひれがつくのが常でございますから、どこまで――」

「二十七日で、たしかに相違(そうい)ないな？」

「へえ、たしかに日付は二十七日であると、あっしは聞きました」

典膳のその反応を見た八五郎は、隠密影同心が、蓼井が次にいつ黒吉原に現れるのかを懸命に探っているのだと気づいた。典膳は白々しく言った。

「ふむ、幕閣にて重きを占める勘定奉行たる者が、かような不埒な真似をするとは実に嘆かわしいことじゃな。だが、こればかりは拙者の力ではいかんともしがたいことであるし、そもそも噂が真実かどうかも疑わしい。八五郎とやら、もしこのような不届きな噂を言いふらす者がおったら、ご公儀の目も節穴ではないゆえ、そのような根も葉もない話を広めてはならぬと言って止めるように」

「ははーっ」

告げる言葉とは裏腹に、その口調はやけに頼もしい。八五郎は、これで典膳が蓼井を襲う準備は整ったのだと確信した。

三月二十七日、蓼井氏宗は昼のうちは勘定所で執務をこなし、夕刻になっても自邸には戻らず、そのまま白金村の隠し屋敷に向かった。

愛宕下にある拝領屋敷には妻子が暮らしており息苦しい。それで最近は、同輩の誘いを断れず泊まりで鷹狩りに行くだの、公儀の重大事に関わる密議があって帰れないだのとあれこれ理由をつけて、白金村の隠し屋敷のほうに長逗留することが増えている。

白金村に行くときの蓼井は例によって徒歩で、深編笠をかぶり羽織袴も質素なものに着替え、供回りは一柳斎一人である。まさか、勘定奉行がこんな下級旗本のような姿で外を出歩いているとは誰も思わぬだろう。

愛宕下から麻布にかけては、大名屋敷や武家地が続いていて人通りも多いが、新堀川にかかる橋を渡って白金村に入った途端、人通りはぱったりと途絶え、周囲は急に寂しくなる。

一柳斎は、蓼井を待ち伏せしていた村上典膳が自分たちの姿を見つけ、秘かに後をつけて襲撃の機会を窺いはじめたのを気配で察知していた。

だが、一柳斎はそれを蓼井には告げず、黙って歩き続けた。

両側を林に覆われた、誰も通りそうにない薄暗い道に差しかかったところで、背後の殺気がひときわ濃くなった。

――来る。

その鋭い踏み込みは一柳斎にとって、まだ記憶に新しい。

反射的に抜刀する一柳斎。背後から迫る気配に刀を差し向けると、はたしてそこに強烈な突きが飛び込んできた。そのあまりの速さに、さしもの一柳斎も受け流すので精一杯だった。

「ひいいっ!」

いきなり後方から飛びかかってきた刺客の姿を見て、蓼井氏宗は悲鳴を上げて地面に尻餅をつき、四つん這いのまま慌てて一柳斎の後ろに身を隠した。

初撃をいなされてもなお、村上典膳の攻撃は止まらない。一柳斎が反撃しようとする間もなく、二撃、三撃と上段からの唐竹割りが滝のように間断なく降ってくる。相変わらずの豪剣だ。

相手がどのように動くかなど一切お構いなしに、典膳はひたすら己の斬撃を強引に押しつけてくる。その軌道はあまりにも真正直で至極読みやすいのだが、その一撃一撃があまりにも速く重すぎるがために、来るとわかっていても対処が難しい。たまらず一柳斎は後ろに跳び退き、二間(約三・六メートル)ほどの間を取った。

「おぬし、また来たのか」

「悪を斬るまでは、何度でも闘いを挑むのみ」

そう答える典膳は前回と同様に、黒の羽織に柿渋色の着流し姿、そして宗十郎頭巾で顔を隠している。

泥だらけで地面に這いつくばった蓼井氏宗が、武士とも思えぬ無様な姿とは裏腹の、居丈高な口調で一柳斎に命じた。

「ま、また出おったか曲者！　今度こそは斬って捨てよ、一柳斎！」

一柳斎はその耳障りな雑音を無視した。その瞳はただ静かに、典膳の姿だけをじっと見据えている。

典膳はじりじりと間合いを詰め、一足で飛び込める距離になったところで力強く跳躍し、渾身の袈裟斬りを繰り出した。

手ごたえはない。紙一重の差で一柳斎に躱され、典膳の刀は空を斬った。

「ぐわあああっ！」

ところが、なぜか一柳斎は大げさな叫び声を上げて刀を取り落とし、苦悶の表情を浮かべながら左腕を押さえ、その場にうずくまった。

「な！　何をしておる、一柳斎！　立て！　この役立たず！」

それを見て真っ青になったのは蓼井氏宗だ。

頼みの一柳斎があっさり倒されたいま、己を守ってくれる者は誰もいない。

狼狽した蓼井は四つん這いのまま、いきなり猪のごとく後方に駆け出した。

その小太りの体からは信じられぬほどの速さだ。人は死を目前にすると、普段は到底出せぬような馬鹿力が出るらしい。

八五郎は、少し離れたところの木の陰に隠れて闘いを見つめていたが、立ち上がった蓼井氏宗が猛然と自分のほうに駆けてくるのを見て、木の陰から一瞬だけ足を出して蓼井の足を引っかけた。つまずいた蓼井は見事に転び、勢いよく顔面から泥道（どろみち）に突っ込む。

――ざまあみやがれ、この大悪党（だいあくとう）が！

慌てていた蓼井は、まさかそこに人が隠れているなどとは思いもよらず、八五郎に転ばされたことにも気づいていない。遠くにいる典膳の目には、きっと蓼井が足をもつれさせて勝手に転んだように見えただろう。八五郎は大急ぎでその場を離れ、新たな身を隠す場所を探した。

そんな八五郎の背後で、蓼井に駆け寄る典膳の足音が聞こえる。

八五郎がちらりと振り返ると、転んで地面に這いつくばっている蓼井に典膳が追いつき、その鼻面（はなづら）に刀を突きつけているのが見えた。

「奸賊、蓼井氏宗、覚悟！」

そう叫んで刀を振りかぶる村上典膳に、蓼井は後ずさりしながら必死で醜（みにく）い命乞（いのちご）いをした。

「た、頼む！　助けてくれ！　なぜわしが命を狙われねばならぬのじゃ！」

「これまでおぬしがなした、唾棄すべき悪行の数々。己の胸に聞いてみるがよい」

「何の話だ！　何の証拠がある！」

「この期に及んでしらを切るとは、見下げ果てた性根じゃな。おぬしが向かっていたこの先の屋敷につけられた『黒吉原』の名、よもや知らぬとは言わせぬぞ！」

その言葉を聞いた途端、蓼井の顔が恐怖で歪む。もはや言い逃れはできぬと察したか、今度はその責を他人に押しつけはじめた。

「ま、待て！　その件に関してわしを斬るのはお門違いじゃぞ！　たしかにあれをはじめたのはわしじゃが、もうしまいにしようと思うていた！　わしは命じられて嫌々続けておっただけじゃ！　わしは悪うない！　わしを斬るくらいなら、それより先にあのお方のほうを――」

だが、その言葉を遮り、村上典膳は秋霜のごとき苛烈な声で蓼井を一喝した。

「申し開きは閻魔様の前でするがよい！」

そして目にも留まらぬ一閃。

袈裟懸けに斬られた蓼井氏宗は、己が斬られたと気づくより先に絶命していた。

典膳は懐紙を取り出して蓼井の汚れた血を拭うと、静かに刀を鞘に納めた。

己（おの）が任務を終えた典膳のもとに、ひとつの人影が歩み寄った。一柳斎だ。

一柳斎は平然とした顔をしている。斬られたかのように振る舞っていた左腕はまったくの無傷だ。取り落とした刀は拾って鞘に納めており、もはや闘う気がないことを示すために両腕を大きく広げてみせた。

「おぬし、なぜそんな、わざと負けたふりをするような真似を」

典膳が尋ねると、一柳斎はフッとほんの少しだけ笑みをこぼし、晴れ晴れとした声で答えた。

「闘う理由がのうなったからじゃ」

その様子を見た典膳も、頭巾の奥でにこやかに微笑む。

「……おぬしとはまた、このような敵味方としてではなく、きちんと手合わせをしたいものじゃな」

「ああ。どこの誰だかは存ぜぬが、そなたほどの腕前の剣士と闘（たたこ）うたのは、それがしも初めてじゃ」

語り合う二人の口数は少ないが、そこには互いを認め合う心があふれていた。

その様子を陰でこっそり見ていた八五郎は、いったいどういう手を使ったのかはさっぱりわからないが、藤四郎が約束どおり公儀御庭番の力で二人の闘いを止めてくれたのだと、ほっと安堵のため息をついた。

黒吉原の主である、蓼井氏宗は死んだ。八五郎は晴れ晴れとした表情で、その喜びを嚙みしめた。

――俺は自分じゃ何もできねえ役立たずだが、それでも何とかして、みんなが抱える裏の顔の秘密を守ったままで、この一件にけりをつけた。いろいろな面倒に巻き込まれてさんざんな目には遭ったが、終わりよければすべてよしだ。

形はどうあれ、八五郎は大切な人たちと平穏な暮らしを、なんとか己の手で守りぬいたのである。

これで、任務のために潜入中の浜乃も、嫌々ながら用心棒を務めていた雲井源次郎も帰ってくる。浜乃と一緒に囚われていた不憫な町娘たちも、解放されて家に戻ることができるだろう。八ツ手小僧こと辰三が、危険を冒してまで尾黒屋に盗みに入る必要もなくなった。

――それで、俺はこれまでどおり、村上様、浜乃ちゃん、辰三親方、雲井の旦那と一緒に、何ごともなくささやかに暮らすんだ。この人たちは、俺にとっちゃ隠密影同心でも、公儀御庭番でも、八ツ手小僧でも、鳴かせの一柳斎でもねえ。

真面目すぎて面白みのねぇ定廻り同心様と、深川の長屋でくだらねぇ人生を楽しく生きる、名もなき庶民たちだ。それで十分じゃねぇか。いったい、それ以上何を望むってぇんだよ……。

それじゃ俺も長屋に帰るとするかと、八五郎は大きくひとつ伸びをした。そして爽快な気分でその場を去ろうとした、そのときだった。

見るからに高貴そうな身なりの侍が、立派な馬を駆って向こうからやってきた。侍はその後ろに、三十人ほどの徒立ちの家来を引き連れている。八五郎は慌てて再び物陰に身を隠した。

侍たちの一団は、やけに迷いのない足取りで典膳と一柳斎のところに駆け寄ると、二人を取り囲むように輪になった。

高貴な身なりの侍が、馬上から居丈高に典膳と一柳斎に呼びかける。

「我こそは老中、小清河為兼である！」

八五郎はその名を聞いて仰天した。

政に縁などあるはずもない八五郎ですら、その噂はよく耳にする。清廉潔白で民を慈しむと評判のお方だ。たしか隠密影同心の差配役でもあり、つまり村上典膳の上役にあたる。

老中ほどの高位の人物が、駕籠ではなく馬に乗って町中を移動しているというだけでもとても珍しいことだ。ましてや、いつも千代田の御城か藩邸の奥深くにいる老中の姿を、こんな田舎道で目にすることなどまずありえない。

「たまたま通りがかりに悲鳴が聞こえたので急ぎ駆けつけてみたが、そこに血まみれになって倒れている侍は何じゃ！　下手人は間違いなく、そこの不審なる二人であろう。即刻、頭巾と面頰を取って顔を見せよ！」

小清河にそう怒鳴りつけられた典膳と一柳斎は、さすがに動揺の色を隠せなかった。特に典膳の戸惑いぶりは、頭巾で顔を隠していても一目瞭然だ。

物陰で様子を見ていた八五郎も、思わず首をかしげた。

——なんで、小清河様はあれが村上様だって気づいてないんだ？　あんたの命に従って、村上様は蓼井の奴を討ったんだ。今日、白金村のあたりで村上様が蓼井を襲うってことくらい、知っててもおかしくないだろうに……。

すると小清河はおもむろに駒を進め、地面に転がっている蓼井氏宗の骸のそばに近寄った。そしてその顔を確かめると、やけに芝居がかった口調で驚きの声を上げた。

「こ、これは！　勘定奉行の蓼井氏宗ではないか！」

――いや、蓼井を殺せって命じたのは小清河様、あんたでしょうが？

八五郎のそんな心の叫びなどお構いなしに、小清河は怒気（どき）も露（あら）わに家来たちに命じた。

「畏（おそ）れ多くもご公儀の要職を預かる、勘定奉行の蓼井を闇討ちするとは、幕府の転覆（てんぷく）を図ろうとする、まさに天をも恐れぬ所業。もはや、捕らえて奉行所の裁（さば）きにかけるまでもない。皆の者、この不埒者（ふらちもの）二人を、即刻この場で斬り捨てよ！」

第六章　実は、貴様は。

一

　――なぜだ。こんなおかしな話があるか。

　村上典膳は、混乱する頭で必死に状況を整理しようとした。

　典膳は小清河為兼の命を受けて、蓼井氏宗の黒吉原の証拠を調べ上げ、闇のうちに葬（ほうむ）り去ったのだ。その経緯は逐一（ちくいち）報告していて、小清河はよく知っているはずであり、蓼井を斬り捨てよという命もちゃんと直々（じきじき）に受けている。

　だいたいそんな、辻斬（つじぎ）りの現場にたまたま老中が通りかかるなどという、とてつもない偶然があるだろうか。それに、小清河が連れてきた三十人ほどの家来たちの中には、長柄（ながえ）やら刺股（さすまた）やらといった大仰（おおぎょう）な得物（えもの）を担（かつ）いできている者もいる。

　まるで、これから闘いがあると知っていたかのように準備がいい。

「かかれ！」

戸惑いながらも必死で考えを巡らせる典膳にはお構いなしに、小清河の家来たちが号令と共に一斉に襲いかかってきた。

典膳はやむなく刀を抜いて、かかってくる敵の刃を次々と受け止めた。家来たち一人一人の腕前はとても典膳に太刀打ちできるものではないが、こうも四方八方をぐるりと囲まれて一斉にかかってこられると、さすがの典膳もかなり苦しくなる。隣にいる一柳斎は、流れるような動きで次々と襲いくる刃をいなしていたが、やはり厳しい闘いを強いられていた。

一柳斎が典膳のほうにちらりと目をやり、声をかけてきた。

「そこの御仁。それがしは事情をよく存じ上げぬが、とにかく我ら二人、命を狙われておることは間違いない。身に覚えのない疑いをかけられて殺されるのもまっぴらじゃ。ここは合力いたそう」

そう言うと、一柳斎は典膳の答えを待つこともなく、黙って典膳と背中合わせの位置に立った。

こうして互いの背中を預ける体勢を取れば、背後から斬られる恐れがなくなり、正面の敵だけに集中できる。だがそれは当然、己の背中を預ける者に対する全幅の信頼がなければ成り立たぬ闘い方でもあった。

典膳はいきなりの申し出に一瞬だけ意外そうな顔をしたが、すぐに気持ちを切り替えて、正面の敵だけに意識を集中させた。

一時は真剣に殺し合いをした相手ではあったが、不思議なほどに恐れはなかった。ましてこの面頬の男が突如自分を裏切って、背後から斬りつけてくるかもしれぬなどという疑念は毛ほども浮かんでこなかった。むしろ典膳は、背中に感じる頼もしい剣風に、どこか心が沸き立っている自分自身に驚いていた。

だが、いまはそんな悠長なことを言っている場合ではない。

自分がいま相手しているのは、上役である小清河為兼の家来たちである。下手に殺したり怪我をさせたりしたら後で面倒なことになりかねない。とはいえ、相手を殺さずに適度に痛めつけて戦意を失わせるというのは、普通に闘うよりもずっと難しいことであるし、そもそも典膳の剣術は一柳斎などとは違い、そんな小細工ができるような器用なものではない。自然とその太刀筋は鈍り、普段の力の半分も出せてはいなかった。

「小清河様！　これは何かの間違いにござりましょう！　私めにござります！」

「誰だおぬしは。わしはおぬしのような不埒者など知らぬ」

「なっ！　この声にたしかに聞き覚えはござりましょう。私はあなた様の下で働く者にございます。つい先日もお目通りして、直々にご指示を――」

「でたらめを申すな、この無礼者！　ならばいますぐにその面妖な頭巾を取り、堂々と名乗ればよいではないか！」

典膳は小清河にそう言われて言葉に詰まった。隠密影同心には、己の正体を誰かに知られたら、その者を必ず殺して口封じをしなければならないという鉄の掟がある。いま、この場には三十名以上がいる。こんなところで自分の正体を明かしては収拾がつかなくなる。

「どうした。そなたがまことにわしと知り合いだというのであれば、顔を見せるだけですぐに思い違いは解けるではないか。それができぬということは、やはりわしを謀ろうと嘘を申しておるに違いあるまい」

「いえ、そんなことは！　小清河様、私めのこの声を、あなた様がご存じでないはずがござりません。よくよく気をつけてお聞きくださりませ！」

するとそのとき、小清河が端正な顔を歪めてニヤリと笑った。その笑顔があまりに冷酷で醜いものだったので、典膳の背中にぞくりと悪寒が走った。

普段はいつも慈悲深く分別のあるような顔つきを決して崩さぬだけに、このお方はこんな顔もできるのかと、典膳は小清河の決して見てはならぬ一面を見てしまったような気がした。

「な、ならば、これはいかがでしょう。私が討ち果たした蓼井氏宗は、勘定奉行の職にありながら、そこにある隠し屋敷の中に黒吉原なる秘密の廓を作り上げ、何の罪もない娘たちを囲っておりました。それゆえ拙者は蓼井の悪事を探り、確たる証拠を摑んだうえで――」

だが、その言葉は小清河によってあっさりと遮られた。

「黒吉原？　それはいったい何のことじゃ？」

「なっ……⁉」

典膳の頭は、一瞬だけ真っ白になった。

だが、すぐに気を取り直して、ものすごい速さで回転をはじめる。

――どういうことだ。拙者は小清河様から直々に密命を受けて蓼井の黒吉原を追っていた。なのに小清河様は、その黒吉原のことなど知らぬと言い、拙者を殺そうとしている。そもそも、拙者が蓼井を斬り捨てた現場に、たまたま現職の老中が、武装した三十人もの家来を連れて騎馬でふらりと通りかかるなんて、偶然にしてはあまりにも出来すぎではないか。まさか……。

　そのとき、典膳はようやく事の真相に気がついたのだった。

「お、おのれ小清河為兼！　すべては貴様の差し金か！」

　典膳が憤怒に肩を怒らせながらそう叫ぶと、小清河は馬糞にたかる蠅でも見るような目で、口元に薄ら笑いを浮かべながら答えた。

「何のことやら、さっぱりわからぬなぁ、下郎よ」

「ようやく摑めたぞ……黒吉原の一件、小清河為兼、貴様が黒幕であるな！」

「はて、勘定奉行殺しの大罪人が何をほざく」

「貴様がやろうとしているのは、蜥蜴の尻尾切りじゃ！　貴様は黒吉原を影で操る真の黒幕でありながら、すべての罪を蓼井になすりつけて殺し、それによって己の罪をなかったものにしようとしておるのだ！」

　その問いに、小清河は答えない。

　そのかわりに、偽りの表の顔で隠した汚い裏の本性が滲み出た、高慢な笑みを浮かべることで答えとした。

「いま、すべてがつながった！　真の奸物は蓼井などではなかった。本当に誅滅すべき巨悪は小清河為兼、貴様じゃ！」

「ふふふ。先ほどから、重罪人がわけのわからぬ戯言をほざいておるわ。もうよい。者ども、この不埒者を斬って捨てよ！」

「おのれ小清河！　貴様だけは絶対に許さぬ！」

典膳は獅子（しし）のごとく吼（ほ）え、馬上の小清河めがけて一直線に突進した。すかさず五人ほどの家来がその進路に立ちふさがったが、典膳はそれを叩き潰すように斬り捨ててゆく。かろうじて刀を受け止めても、典膳がお構いなしにその上から二撃、三撃と間を置かずにかぶせてくると、受けきれる者は一人もいなかった。

手のつけようのないその獅子奮迅（ししふんじん）ぶりに、先ほどまで余裕の表情を浮かべていた小清河も急に恐慌（きょうこう）をきたし、叱（しか）りつけるように家来たちをけしかけた。

「たった一人を殺すのに何を手こずっておる！　囲め！　囲んで背中から刺せ！」

だが、そう言われた家来たちが典膳の背後に回り込もうとすると、すかさずそこにひとつの影がぬるりと割り込んできた。

「背中から刺せとは、武家の範（はん）たるべきご老中の言葉とは、とても思えぬ指図をするものじゃな」

その影は一柳斎であった。がら空きになった典膳の背後に立ちはだかり、向かってきた五人ほどの小清河の家来たちを引き受ける。

「それがしはこの御仁の名も知らず、ただ刀を合わせただけの仲じゃが、これほどの遣い手を、かような卑怯な手で命を落とさせるのはあまりに惜しい。助太刀させていただこう」

そして、例によってゆっくりに見える変幻自在の剣さばきで、迫りくる敵を次々と撫で斬ってゆく。その様子を遠くで眺めていた八五郎は、

「すげえ……雲井の旦那と村上様が一緒に……」

と思わずため息を漏らした。だが、そのうち、二人の様子が前に目にした闘いとどこか違うことに八五郎は気づいた。

二人の刀は間違いなく敵を斬り裂いているのに、相手がいっこうに倒れないのだ。そして斬りつけたときに、カキンという金物が当たるような音がする。典膳も一柳斎も、いつの間にかいつもの流れるような刀さばきをやめ、直線的な突きの動きに切り替えているような気がする。

「あいつら、腹巻を着込んでやがる！」

小清河の家来たちは一見すると普通の羽織袴姿だが、その下に胴を守る腹巻を着け、手には籠手をはめていた。

防具を身に着けた相手と闘うには、普段とはまったく違う闘い方をしなければならない。斬撃で致命傷を与えることがほぼ不可能になるので、首や脇の下とい

った防具で守られていない狭い箇所を、狙いすました刺突で貫くよりほかなくなるのだ。当然ながらその難しさは格段に高まる。

しかも、小清河の家来のうち幾人かは長柄や刺股などを持っている。相手と距離を取って闘えるこれら長尺の得物に対して、刀はかなり不利だ。

典膳と一柳斎は、恐るべき強さで三十人ほどの敵を相手にほぼ互角の闘いを続けていたが、その働きはすでに人の限界を超えていた。

二人とも肩を激しく上下させて呼吸は整わず、全身は滝のような汗をかいている。何人もの人垣に守られ、馬上から悠然と見下ろす小清河為兼に一矢報いてやろうという気持ちはあれど、小清河までの六、七間（約十・八から十二・六メートル）ほどの距離がとてつもなく遠く、殺気のこもった目で睨みつけることしかできない。そしてとうとう、小清河の家来の一人が繰り出した槍の穂先が、典膳の太ももを捉えた。

「ぐっ！」

かろうじて突き通されるのは避けたが、鋭い刃が皮を裂き鮮血が飛び散った。激痛で足に力が入れられず、それまでのような力強い踏み込みができない。好機と見た小清河の家来たちが一斉に刀を繰り出してくると、典膳は獣のごとき身のこなしでいくつもの斬撃を躱して致命傷を避けたが、右の肩口と左肘を斬られ、思わず地面に片膝をついた。

「おぬし、大丈夫か！」

倒れる典膳に、ほんの一瞬だけ気を取られてしまったのが命取りだった。

体力の限界をとうに超えた闘いの中、わずかに乱れた一柳斎の心。

その心の揺らぎを、それなりの腕を持つ小清河の家来たちは決して見逃さなかった。相討ち覚悟で折り重なるように突っ込んでくる敵を躱しきれず、一柳斎は脇腹を斬られたうえに二間（約三・六メートル）ほど突き飛ばされ、ごろごろと地面に転がった。

それでもすぐに体を起こし、刀を構え直したのはさすがの闘志だったが、地面に激突したときに強く打った肩に鈍痛が走る。斬られた脇腹からは血が滲み、一息吸って一息吐くたびに、気絶しそうなほどの痛みが襲ってきて集中をかき乱す。

もはや、勝負は決していた。

もともと多勢に無勢の、勝ち目のない闘いである。体に傷を負い、痛みに耐えながらでは、これまでのような鋭い動きはできない。むしろ、これだけ不利な条件の中でここまで互角に闘い続けてきたことのほうが驚異的だったと言っていいだろう。

傷ついた典膳と一柳斎の二人が地面に這いつくばり、もはや身動きも取れぬことを確認した小清河は、おもむろに馬を下りると悠々と典膳の前に歩み寄った。

小清河は家来たちを手で制して下がらせると典膳に近づき、血の滲む右肩を草履で踏みにじった。

傷口に走る激痛に、典膳が思わず呻き声を上げる。小清河はそれを見て勝ち誇った笑みを浮かべ、からかうような口調で典膳に語りかけた。

「村上典膳よ。ふふふ、おぬしもさぞ無念であろうな。だがこれも、上役であるわしを生かすための立派な役目じゃ。悪く思うな」

「小清河ぁ……この奸物がぁっ！」

典膳はありったけの憎しみを込めて小清河を睨みつけた。その眼光は相手を睨み殺すがごとき猛々しさではあったが、いかんせん体に力が入らず、肩を踏みつけている小清河の足を払いのけることもできない。

典膳のすぐ横にうずくまる一柳斎は、二人の会話が耳に入ったか、怒りを込めた声でつぶやく。

「その小物が小清河為兼か。清廉潔白で慈悲深いとの噂をつねづね聞いてはいたが、それはすべて芝居であったか。とんだ大悪党がいたものだな」

いくら悪態をついたところで、一柳斎も脇腹から血を流し、目が霞みはじめていた。小清河は哀れみと侮蔑が混ざった目で一柳斎を見下ろしながら言った。

「下郎め、おぬしもすぐに地獄に送ってやる。柳に風がごとき柔らかなる剣に、その面頬。近頃市中を騒がしておった鳴かせの一柳斎とは、そなたのことであろう。大した腕前ではあったが、蓼井のような蛆虫の用心棒などをやったばかりに、散らさずともよい命を無駄にしたものよ」

その言葉に、けなされた当人である一柳斎ではなく、典膳のほうが噛みついた。

「これまで、蓼井を手下に使ってさんざん甘い汁を吸うておきながら、蛆虫呼ばわりとはなんたる卑劣。許さぬ！」

自分にかわって小清河に怒りをぶつけた典膳の顔を、一柳斎は意外そうな表情で見つめた。だが、そんな典膳の義憤を踏みにじるかのような態度で、小清河は得意げに嘯く。

「この場にいるのはわしと一蓮托生の忠実な家来だけであるし、どうせおぬしらはほどなく死ぬ。それゆえ、冥土の土産に教えてやろうではないか」

「むっ！」

「典膳よ、真実はすべて、おぬしが先ほど気づいたとおりじゃ。最初に女を集めて黒吉原を作ったのは蓼井じゃが、わしはそこに、やんごとなき方々をご案内して楽しんでいただいてみてはどうかという知恵を授けてやった。おかげで蓼井はお偉方に気に入られて破格の出世を遂げ、奴がわしのことをしきりに持ち上げたものだから、わしの幕閣での立場も一気に強まった。結果としてわしはいまの地位を手に入れたが、悪事千里を走るとはよう言うたもの」

そこで小清河は、クククと愉快そうに一人で笑った。

「黒吉原の味を知り、その存在を知る者が少しずつ増えるにつれ、もはや黒吉原が世に露見する日も遠くはなかった。わしは最初からこうなることを見越して、黒吉原には一度も行ってはおらぬし、蓼井からの上納金は受け取っても、黒吉原とわしとの間に直接のつながりを一切作らせなかった。どうじゃ、賢かろう」

そう自画自賛する小清河に、一柳斎が横で「反吐が出る」と小声でつぶやく。

「そのうえでわしは、おぬしに命じて黒吉原を調べさせ、蓼井を討たせることにしたのよ。そして仕上げに、事の仔細をよく知るおぬしを殺せば、わしが蓼井にやらせていた悪事はひとつも証拠を残すことなく、闇のうちに葬られる」

典膳は、地べたに這いつくばりながらも小清河を睨みつけ、勢いよくプッと唾を吐いた。だが、それは小清河の袴の裾にも届かなかった。

「しかもわしはこれで、蓼井氏宗の悪事を誰よりも早く嗅ぎつけ、世間が騒ぎ出す前に成敗した殊勲の者になる。臭い物に蓋をするどころか、逆にわしの評判もうなぎ登りじゃ。これを、すべてが丸く収まる最高の策と言わずして何と言おう。今日はそれらが成就する、実にめでたい日よ」

「小清河……くそっ、絶対に許さぬ！」

どれだけ歯嚙みしようと、もはや典膳にこの悪を斬る力はない。

「村上典膳。我が下でのこれまでのおぬしの働き、実に見事であった。これほどの腕利きを失うことは、わしとしても心が痛い。せめてもの情けとして、最後はこのわしが、この手で直々に引導を渡してやろうではないか」

そう言うと、小清河為兼は得意げに胸を張り、腰に差した刀を抜き放った。

その刹那、周囲に鳴り響いたのは、場違いなほどに美しい鞘走りの音。

――しゃりりん。

すると、それまで体を丸めて脇腹の痛みに耐えていた一柳斎がいきなり勢いよく顔を上げ、目を丸くして叫んだ。

「その妙なる鞘走りの音……まさかその刀は『金錫丸』！」

二

村上典膳も、遠くで事の成り行きを見守っていた八五郎も、一柳斎がいきなり大声を上げたので、いったい何が起こったのかと唖然としている。唯一、小清河為兼だけは何やら心当たりがあるらしかった。

「ん？　この刀を知っておるということは——おぬしまさか、青山勘解由に縁のある者か？」

「縁があるもなにも、それがしが鳴かせの一柳斎などと呼ばれながら、くだらぬ辻斬りの真似事をしていたのも、すべては金錫丸を捜し出し、青山勘解由様の仇を討つためじゃ！」

それを聞いて、小清河は得心したように頷いた。

「ふふふ……なるほどのう。夜な夜な江戸の市中に現れ、身なりのよい侍を見かけては刀を抜かせる幽霊のごとき剣客。それは、この金錫丸の鞘走りの音を捜し出すためであったか」

「然り！　我が主、青山勘解由様はかつて御目付を務められ、秋霜烈日の如くに佞臣を罰し、民を虐げる悪逆の者を決して赦すことはなかった。その目覚ましい働きでご公儀の綱紀は引き締められ、悪はすっかり陰に身を潜めたが、それだけに勘解由様は、佞臣どもから謂れのない逆恨みを買うことも多かった。そして忘れもしない三年前……勘解由様は夜道で何者かに闇討ちされ、非業の死を遂げられたのじゃ！」

そう叫びながら、一柳斎は震える膝を左手で押してよろよろと立ち上がった。血が失われて意識は朦朧とし、冷たくなった手足に力は入らない。それでもなお、気力が肉体を凌駕して一柳斎の体を突き動かす。

「それがしは、青山勘解由様が忠実なる家臣、出雲忠左衛門である！　見るがよい、この背中の傷を！」

そう言いながら片肌脱ぎになり、背中を見せる。

「それがしは三年前、勘解由様をお守りすべき役目にありながら、隠れていた刺客にいきなり背後から斬りつけられ、無様にも倒れてそのまま気を失った。たまたま急所を外れて一命を取り留めたが、それがしが息を吹き返したときには、勘解由様は儚くなられ、愛刀の金錫丸は奪われた後であった」

そこには、右肩から左腰にかけてざっくりと斬られた、八五郎が以前から不思議に思っていた古い刀傷があった。

「この背中の傷は、己が剣の未熟さを示す証。主を守れなかったそれがしを嗤い、夜な夜な疼いては我が身を責め立てる。以来それがしは『鳴かせの一柳斎』となり、主君の仇が持っているであろう金錫丸を捜すために、身なりのよさげな侍を襲っては刀を抜かせていたのだ」

一柳斎の顔色は真っ青だ。こうしている間にも斬られた脇腹からどんどん血が失われ、着物が赤黒く染まり続けている。

「ふふふ……なるほどな。この刀の妙なる鞘走りの音は唯一無二のもの。それゆえ、抜かせさえすれば金錫丸であるとすぐにわかる」

「ああ。そして、あの日奪い去られた金錫丸をおぬしが持っているということは、小清河為兼、おぬしが青山勘解由様を闇討ちさせた張本人であることの何よりの証！　目の上のこぶであった勘解由様を、卑劣な手で取り除かんとしたその悪辣なる所業、決して許しはせぬ！」

だが、小清河はひとつも動じない。小馬鹿にしたような笑みを口元に浮かべながら、一柳斎を嘲った。

「ふふふ。せいぜい吠えるがよい、哀れなる青山勘解由の犬よ。わしの見たところ、貴様はもはや立っているだけで精一杯といった風情ではないか。その有り様で主君の敵討ちとは片腹痛いわ」

「……佞臣、小清河為兼よ。ここで会ったが百年目、覚悟するがよい！」

一柳斎の憤怒の雄叫びに、泥まみれになった典膳が声をかぶせる。

「小清河っ……拙者も青山勘解由殿のことはよく存じ上げておる。近頃の幕閣には珍しい、実に気骨のある御仁であった。それなのに、まさかその青山殿までも、貴様がその毒牙にかけておったとは！　おのれ……おのれぇっ！」

だが、どんなに歯噛みしようと、いまの典膳には肩を踏みにじる忌々しい小清河の足を払いのける余力もなかった。斬られた傷口に先ほどから激痛が走り、気を抜くと意識が飛んでしまいそうだ。

小清河は高笑いしつつ、二人を上から見下ろして満足げに言った。

「それにしても、今日はなんたる吉日か。青山勘解由の遺臣に腕利きの剣客がいて、主君の仇討ちを狙うておるらしいという噂は、以前からずっと我が心を悩ませておった。その剣客がまさか、あの鳴かせの一柳斎だったとはな。だがそれも今日ここで貴様を始末すれば、わしは明日から枕を高うして眠れる」

「それがしはただでは死なぬぞ、小清河！」

「ふふふ。その空元気、いつまで続くかな、一柳斎。こちらの村上典膳を始末すれば黒吉原の件はきれいさっぱり片がつき、貴様の息の根を止めればもう仇討ちに怯えることもない。わしにとってはこの世の春じゃ！　はは、はははは！」

事の一部始終を物陰から見ていた八五郎は、小清河為兼のあまりの邪悪さに、独りでギリギリと歯嚙みしていた。この悪党になんとかして一矢報いることはできないものかと、さっきからない頭を絞って必死に考えているのだが、いっこうに妙案は出てこない。

小清河の悪事の目撃者として、あとで番所に訴え出るという策も考えたが、しがない棒手振りにすぎぬ自分の訴えなど、番所がまともに取り合ってくれるはずがなかった。仮に運よく番所が取り上げてくれたとしても、そんなものは小清河があっさり握り潰し、訴え出た八五郎はきっと、どこかで秘密裡に始末されるに違いない。

とにかく、このままでは典膳も一柳斎も揃って小清河に殺されてしまう。八五郎はたしかに臆病者だが、こんなときに黙って何もせずに見ていられるほどの薄情者でもなかった。

遠くで小清河がゆっくり右手を掲げた。そのまま家来たちに「殺れ！」と命ずるつもりだ。

そう思ったときにはもう、八五郎は頭で考えるよりも先に足が動いていた。

「あ……」

少し離れた木の陰からいきなり、ガサガサという物音と共に、間の抜けた町人がひょっこり顔を出した。あまりにも意外な成り行きに、小清河もその家来たちも、そして八五郎自身もポカンと呆気に取られて、一瞬だけその場の時が止まった。

咄嗟に、八五郎の口から大きな叫び声が出た。

「ひいいいいっ！　人殺し！　人殺しだあああっ‼」

そうやって大騒ぎすれば、きっと誰かが叫び声を聞きつけて、何ごとだと駆けつけてくれるのではないかと八五郎は考えたのだが、賑やかな江戸の中心地ならまだしも、残念ながらこのあたりに人通りはほとんどない。誰一人として現れるはずもなかった。

突然の八五郎の乱入に、小清河が忌々しげに舌打ちをしつつ、まるで部屋の片付けでもやらせるかのように平然と家来に命じる。

「余計な邪魔が入ったな。殺せ」

すぐさま、一人の家来が駆け出して八五郎のほうに向かってきた。

命がけの八五郎の必死の抵抗も、小清河をわずかに動揺させることすらできなかった。それも当然だろう。運悪くこの場に居合わせてしまった町人風情など、ただ殺して口を封じるだけのことだ。

「あああああっ！」

慌てて八五郎は後方に逃げ出そうとしたが、あまりの恐怖に足に力が入らない。三歩ほど進んだところで早々と腰砕けになって、その場にへたり込んでしまった。追いついた家来がすかさず八五郎の背中を蹴って地面に転がし、足で踏みつけて頬に刃を突きつけた。皮がわずかに斬れて一筋の傷がつつっと走り、たらりと血が少しだけ垂れて頬を伝った。

八五郎はもはや恥も外聞もなく、童のように泣き叫んだ。

「助けてくれえ……誰か、誰か助けてくれよぉ！」

そんな叫び声にはお構いなしに、小清河が挙げた手を振り下ろすと、それを合図に家来たちはふらふらの一柳斎に一気呵成に襲いかかった。八五郎を踏みつけにしている家来も、高々と刀を上段に振りかざす。

「嫌だぁ！　俺は死にたくねえ！　神様仏様、どうかお救いくだせえ！」

地面に突っ伏して両手を合わせ、目を閉じてひたすら拝む八五郎の首に向かって白刃が煌めく。典膳と一柳斎の上にも、一斉に刀が振り下ろされる。

――ああ、おしまいだ……。

ところが、いつまで経っても八五郎の首筋に刀が落ちてくることはなかった。

かわりに聞こえてきたのは、くぐもったような呻き声だ。

「……ぐふっ」

あれ？　と不思議に思った八五郎が恐る恐る顔を上げてみると、苦悶の表情を浮かべた小清河の家来が、なぜか刀を構えたまま口から血を吐いている。その後、ゆっくりと平衡を失ってどさりと倒れた家来の首筋には、十字の手裏剣が深々と突き刺さっていた。

遠くでは、村上典膳と一柳斎を取り囲んでいた小清河の家来たちも動きを止めていて、順番にばたばたと倒れていく。

八五郎が驚いてあたりを見回すと、道の両側を覆う雑木林のあちこちの樹上に、何人もの黒装束の忍びがいつの間にか音もなく立っていた。

「な、なにぃっ⁉」

小清河の口から、思わず驚きの声が漏れた。

三

「いまの一部始終、すべて見届けさせてもらったぞ、老中、小清河為兼」

凜とした声でそう言ったのは、道端の松の木の上に立っていた夕凪の真砂だった。

その声を合図に、十人ほどの黒装束の忍びたちが音もなく散開し、小清河とその三十人ばかりの家来たちを取り囲んだ。

その正体はご存じ、将軍徳川吉宗直属の忍者軍団、公儀御庭番だ。いずれの忍びも、影のようなその身のこなしだけで一目で達人とわかる。誰一人逃がさないという鉄の意志をもって、水も漏らさぬ包囲網を敷いた。

夕凪の真砂は、松の木からひらりと飛び降りると小清河に告げた。

「隠密影同心の動きが最近どうもおかしいと思って、しばらく泳がせてみたら、とんでもない大物が釣れたものだな。中の誰かが悪さをしているのだろうと睨んではいたが、まさか大元締めがこんなにも腐っていたとは」

「な、なぜ我々の動きをおぬしらが……」

小清河は愕然とした表情を浮かべている。真砂は地面に這いつくばったままの八五郎を一瞥すると、

「うちにも優秀な『犬』がいるんでね」

と言ってフフッと不敵に笑った。それから腰を落として苦無を構えると、一瞬で凜とした表情に切り替わり、

「かくなるうえは一片の情けも無用。ご覚悟めされよ、小清河為兼！」

と叫んだ。小清河はたじろぎつつも、勢いだけは猛々しさを保ったまま大声で怒鳴った。

「ええい！　もうよい！　ならば公儀御庭番もろとも皆殺しにするまで！　こちらは防具を着けておるのじゃ。相手が忍びであろうと、決して後れを取るものではないぞ！　皆の者、かかれ！」

「ふん。我々もずいぶんと甘く見られたものだ」

そう言うや否や、真砂は近くの小清河の家来に飛びかかった。音もないその動きは獲物を捕らえる山猫のごとく、飛びかかられた者は一瞬で首を掻かれ、丸太・

のようにどさりと倒れた。

たちまち、小清河の家来と公儀御庭番が入り乱れての乱戦がはじまった。

小清河の家来たちもそれなりの腕利きが揃ってはいたが、将軍直属の選び抜かれた忍びたちが相手ではさすがに歯が立たなかった。忍びたちは敵の太刀筋を見切って難なく躱し、着込んだ防具など物ともせず、その隙間を的確に突いて次々と相手を倒していく。またたく間に三十人ほどの屍が転がり、立っている者は小清河為兼ただ一人となった。

真砂は腰に差した脇差を鞘ごと抜くと、静かに小清河に差し出した。

「ご所望であれば、辞世の句を」

この脇差で自ら腹を切れ、ということである。

名も知らぬ相手に不意を襲われ、返り討ちにもできず首を取られたとあらば、武士としてはこれ以上ない恥辱だ。己の非を認めて自害するのであれば、せめて将軍吉宗にはその最期の姿を伝え、辞世の句を残してやってもよいという、これは公儀御庭番なりのせめてもの情けであった。

だが小清河のごとき愚物に、潔く死ぬという選択はありえぬようだ。

「愚弄するな、この下郎が！　わしは小清河為兼、老中であるぞ！」

「この期に及んでまだ老中気取りか。いいかげん、ご覚悟めされよ」

「ふざけるな！　ふざけるなっ！　わしは認めんぞ！」

そう叫んで醜く怒鳴り散らしながら、金錫丸を童のように振り回した。

そのあまりの往生際の悪さに、真砂が思わずうんざりした表情を浮かべると、
一柳斎が歩み寄ってきて声をかけた。

「真砂殿。すまぬが、ここから先はそれがしにやらせてくれぬか」

真砂は目を見張った。面頬に隠れて表情はよく見えぬが、多くの血を失った一柳斎の腕は小刻みに震え、その肌は真っ青だ。こんな状態で闘えるわけがない。

「やめておけ、一柳斎殿。ここは我ら公儀御庭――」

「いや、こればかりは譲れぬ」

真砂の制止を遮って、微塵も揺るぎない口調で一柳斎は即答した。

「それがしはかつて、敬愛する青山勘解由様をお守りすることができなかった。それから三年、ようやく見つけ出した主君の仇を目の前にしておきながら、己の手で討ち取らずして何が侍か」

「……死ぬぞ」

「ここで主君の仇討ちを他人の手に委ねては、死んだも同然！」

何ひとつ迷いのない一柳斎の目に、強き心を持つ真砂が圧倒された。自ら死にに行くようなものだとは思ったが、気づけば道を空けていた。

その様子を見て、小清河は己の窮地も忘れたかのように一柳斎をあざ笑う。

「ふはは、そんな手負いで何ができる一柳斎。立っているだけで精一杯ではないか。わしを見くびるのもたいがいにいたせ」

「邪な者の振るう剣など恐るるに足らぬ。覚悟せよ、憎き主君の仇」

そう言うと、一柳斎は脇腹の傷口を押さえていた手を離し、いつものように下段に刀を構えた。そして静かに目を閉じ、ふうと大きく息を吸って長く吐く。

それだけで先ほどまでの手の震えが嘘のように止まり、いまも激痛が襲っているはずの傷口がまるでないものであるかのように、背筋がぴんと伸びて悠然たる立ち姿になった。

そんな一柳斎の姿を見た小清河の顔から、一瞬だけ笑みが消えた。だが、気を取り直すように再びニヤリと不敵な笑みを作ると、金錫丸を鞘に戻して静かに腰を落とした。

「ふふふ。そのような痩せ我慢、どうせ長続きはせぬ。おい、一柳斎、どうせおぬしはわしのことを、日々酒色に溺れ、武芸の鍛錬もろくに積んでおらぬ愚物だと見くびっておるのであろう。そんな体でわしに勝負を挑もうというのが、おぬしの慢心の何よりの証」

そう言いながら小清河は左手を鞘に添え、右手を軽く柄の上に置いて腰を落とすと、居合抜きの構えを取った。

「だが、そのような腑抜けた輩とわしを一緒にするでない。わしは、文武ともに天稟を兼ね備えた、選ばれし男であるぞ。学問においては幼き頃から神童と呼ばれ、剣術においても超一流。田宮流居合術は免許皆伝の腕前じゃ。多忙な老中の職に就いてからも決して鍛錬を怠ることなく、日々の稽古は欠かしておらぬ。それに――」

そして得意げに嘯いた。

「重罪人を秘かに屋敷に連れてこさせ、人斬りを試したことも何度もある」

そう自賛する小清河の剣の腕前は、たしかに口先だけではなかった。その居合の構えにはどこにも隙がなく、とてつもない殺気が張り詰めている。迂闊に間合いに踏み込めば一刀両断されることは間違いない。

「かくなるうえは、おぬしだけでも地獄へ道連れじゃ。金錫丸の妙なる鞘走りの響きと共に、このわしの居合の奥義で真っ二つにしてくれようぞ！」

だが、小清河の挑発的な言葉に一柳斎は何も答えない。その目は開いているのか、それとも閉じているのか。何やらブツブツとつぶやきながら、下段に構えた刀の切っ先をゆらゆらと揺らしつつ間合いを少しずつ詰めていく。その不気味な気配は、まるで幽鬼を思わせた。

小声のつぶやきが、少しずつ明瞭になっていく。そしてそれは最後に、確固たる決意の言葉に変わった。

「勘解由様……この出雲忠左衛門、いまこそ、あなた様の仇を討ちます！」

次の刹那。

一柳斎は急降下する隼のごとき速さで静かに跳躍し、上体を沈ませて小清河の間合いに一気に踏み込んだ。小清河もその動きに毫も遅れず反応し、雷霆のごとき神速の居合抜きを放つ。

――しゃりん。

金錫丸が、かくも血なまぐさい決闘の場にはまるで場違いな、魂を浄化するような澄みきった鞘走りの音を響かせた。

続いて聞こえたのは、どさりと重い物が地面に崩れ落ちる鈍い音。倒れたのは小清河為兼のほうであった。

二人が交錯したそのとき、動き出しは小清河の抜刀のほうがほんの少しだけ速かった。だが、一柳斎の踏み込みと渾身の突きの速度がそれを凌駕し、一瞬早く小清河の肩を貫いたのである。

「勘解由様……」

ようやく主君の仇を討った一柳斎は、喜びを露わにするでもなく、勝利を誇るでもなく、ただ万感の思いを込めてそうつぶやくのみであった。

まるで最初から己の勝利を知っていたかのような一柳斎の態度に、小清河は血の噴き出る肩口を押さえながら、怒りと戸惑いの混じった声で叫んだ。

「なぜだ！　わしはおぬしの踏み込みを確実に捉えていた！　わしは刀を抜くと同時に、間違いなく勝ちを確信しておったのだ！　あれでわしの刃のほうが遅れるはずがない！　貴様……いったいどんな卑怯な手を使った！」

困惑と狼狽を隠せぬ小清河を、哀れな者を見るような目で見下ろしながら一柳斎が答えた。

「実は、金錫丸を居合で使うことは禁忌なのじゃ。居合の免許皆伝などと称しておきながら、いままでそんなことにも気づかなんだとは片腹痛いわ」

「な……なんだと⁉」

「金錫丸は抜くときにこのうえなく美しい音がするゆえ、居合で使ってみたくなるは人情。だがこの刀は、鞘にこすれて音が出るぶんだけ抜く速さがわずかに削がれてしまうゆえ、実は居合には不向きなのだ」

「え……？」

「この刀の真骨頂は、その鞘走りの音などではなく、激しい鍔迫り合いでも決して刃こぼれせぬ刀身の強さにある。勘解由様はそれをきちんと踏まえたうえで使っておられたものだが、しょせん、遣い手の器が刀の格に見合わなんだということじゃな」

それを聞いて、小清河の端正な顔が絶望に歪んだ。もはやすべての望みを絶たれたというのに、それでも醜く一柳斎の裾にすがりつこうとする。

「ま……待て、お、おい。まだ勝負はついておらぬ。なあ、助けてくれ。これまでのことはすべて謝る。だから許してくれ。頼む、許し――」

「最後の最後まで、反吐の出るような愚劣な男よ」

白刃一閃。

鮮やかな一振りで、一柳斎が躊躇なく小清河為兼の首を落とした。そして何ごともなかったかのように、刀身についた汚い血を拭って刀を納める。

そんな一柳斎に向かって、典膳と真砂が揃って、

「お見事」

と声をかけた。

第七章　実は、あの人は。

一

「おい起きろ、八五郎！　起きろってば！」

翌朝早く、八五郎は同じ長屋の連中が乱暴に戸を叩く音で目を覚まし、眠い目をこすりながら上体を起こした。

一晩眠ってもまだ、体は丸太のように重い。

昨日とんでもない修羅場を味わってしまったせいで、なんだかどっと疲れて、三年分くらい一挙に歳を取ってしまったような気がする。

だが結局、真の黒幕であった老中の小清河為兼は、鳴かせの一柳斎こと雲井源次郎、正しくは青山勘解由の元家臣、出雲忠左衛門の手によって見事に討ち果たされた。幕閣に巣くう悪をあぶり出し、表沙汰になる前に片付ける役目を負う隠密影同心も公儀御庭番も、これにてめでたく任務完了だ。

老中と勘定奉行が揃って市中で襲われ殺されるという驚天動地の大事件に、公儀はしばらくの間、上を下への大騒ぎとなるだろう。

だが、この一件に関しては公儀御庭番が裏で動いているので、事の真相はすべて時の将軍、徳川吉宗の耳に入っている。吉宗の手によってしかるべき処断がなされると同時に、公儀の威信失墜につながりかねぬものとして厳重な箝口令が敷かれ、誰一人としてこの件については口にしなくなるはずだ。

はたして自分は何かの役に立てたのか、八五郎にはわからない。

だが、いずれにせよこれで何もかも一件落着である。任務を終えた浜乃も戻ってくるし、小清河、蓼井とずぶずぶの黒い関係だった尾黒屋も、そのうち何らかの理由をつけて欽右衛門は処罰され、店は闕所処分となるに違いない。

「なんでぇ、朝っぱらからうるせえな」

八五郎がのろのろと床から這い出して腰高障子を開けると、そこには長屋の住人が数名集まって大騒ぎしていた。

「これが静かにしてられるかってんだよ！　喜べ、八五郎！　八ツ手小僧がまたやってくれたんだ！」

「はぁ？」

　事情が摑めず、土間に立ったままぼんやりしている八五郎にはお構いなく、興奮した長屋の連中は早口でまくし立てる。

「昨晩、八ツ手小僧が尾黒屋に盗みに入って、浜乃ちゃんのために五十両を長屋の軒先に投げ込んでってくれたんだよ！」

「……はあ？」

「やっぱりすげえよなぁ、八ツ手小僧は。あいつはきっと、尾黒屋が浜乃ちゃんに仕掛けた悪巧みをちゃんと調べ上げてて、浜乃ちゃんを救おうと五十両を投げ込んでくれたんだ」

「お、おう……」

「おい、八五郎、どこに行くんだ。……どうしたんだよ、この長屋じゃおめえが一番浜乃ちゃんの件で憤ってたのに、ずいぶんと淡泊じゃねえか。こんなめでてえことがあったのに、おめえは嬉しくないのかよ、おい！」

　八五郎はふらりと部屋を出ると、戸惑う長屋の連中をほったらかしにして惣兵衛店に向かった。そこでは浜乃の父の藤四郎が長屋の連中に揉みくちゃにされながら、皆が口々に祝福してくるのを困惑した顔で応対していた。

八五郎はそんな長屋の連中を無遠慮に押しのけ、いきなり藤四郎の肩に手を回すと、耳元に口を寄せて小声で尋ねた。

「藤四郎さん、あんたいったい、辰三親方に何をした？」

すると藤四郎はさっと顔色を変え、普段の好々爺然(こうこうやぜん)とした顔から公儀御庭番の顔に一変した。そして周囲に群(むら)がる者たちを邪魔そうに手で払いのけると、

「おう。ちょっと二人で話そうや、八五郎」

と言って強引にその場を離れた。長屋の面々は、なぜ藤四郎が八五郎だけを特別扱いするのかわからず戸惑ったが、藤四郎の近寄りがたい雰囲気を見て思わず道を空けた。

　長屋からしばらく歩いたところに、腰かけるのにちょうどいい空(あ)き樽(だる)があった。藤四郎はそこに座ると、懐(ふところ)から煙管(きせる)を出してゆっくりと火を点(つ)けた。

　ぷうと一服すると、何ごともなかったかのようにつぶやく。

「なあに、俺は別に大したことはしてねえ。世間話のふりをして辰三に『尾黒屋が最近改築したらしいぞ』って伝えただけだ」

「はぁ？」

「そしたら辰三の奴、改築を請け負ったのはどこの大工だって、やけに熱心に聞

いてきやがった。それで、これはもう大丈夫だなって俺は確信したよ」

「はぁ～、なんでぇ。そうか、そんなもんでよかったのか……」

あのときに八五郎はさんざん焦って、どうすれば辰三を救えるのかと必死でない知恵を振り絞ったものだった。それなのに、藤四郎があまりにも簡単な手段で事態を収拾させてしまったものだから、八五郎は拍子抜けしてガックリと肩を落とした。

「いちおう念のため、その後もずっと公儀御庭番の忍びが辰三を見張っていたんだが、あいつ次の日の夜にはもう、その大工の家に忍び込んで新しい図面を盗み出していたぜ」

「そうかぁ……それでも、あんなに罠だらけの尾黒屋に忍び込んでまんまと大金を盗み出しちまうんだから、やっぱすげえお人だよ、辰三親方は」

素直に感心する八五郎に、藤四郎はフッと軽く吹き出して言った。

「いや、八五郎、此度のおめえも、結構すごかったぜ」

「え？」

「隠密影同心の村上典膳を動かして蓼井氏宗を倒そうとしてみたり、なかなかの策士ぶりだったじゃねえか」

そう言われて、八五郎は照れ臭そうに頭を掻いた。

「いやぁ。俺の策なんて、ことごとく裏目裏目だぁ。そのせいで雲井の旦那と村上様に殺し合いをさせちまったし、やっぱり慣れねえことはするもんじゃねえ」

すると藤四郎は、ぽんぽんと優しく八五郎の肩を叩いて言った。

「いや、おめえが村上典膳と一柳斎の正体を暴いて俺たちに教えてくれてなかったら、公儀御庭番も間違いなく後手に回ってたはずだ。蓼井までは倒せても、はたして真の黒幕の小清河までたどり着けたかどうか」

「へへ……だったら俺も、ちったぁ世間様のお役に立てたってことかな」

「ああ、十分胸を張っていいぜ、八五郎」

二

それから数日ののち、浜乃が無事に尾黒屋から帰ってきた。

村上典膳が、しがない定廻り同心が市中でよからぬ噂を聞きつけたという態で尾黒屋に乗り込んで、

「尾黒屋よ、よもやよもや、無法な手管で庶民から金を巻き上げ、無辜の町娘たちを攫ってなどおらぬであろうなぁ」

などと芝居がかった脅しをかけたからである。

それで尾黒屋はすっかり震え上がり、もはや黒吉原の主である小清河為兼も蓼井氏宗もいなくなってしまったことだし、これ以上娘たちを囲っておく意味はないと、一人残らずこっそりと家に帰したのだった。

だが、長屋の連中にそのような裏事情を正直に伝えてしまうと、今度は浮いた五十両が争いの種になりかねない。だから、この五十両は藤四郎が秘かに公儀に返上し、表向きは、八ツ手小僧が置いていってくれた五十両で借金を返して、そのおかげで浜乃は戻ってこられたということにしておいた。そういう話にしておいたほうが、せっかく危険を冒して尾黒屋に忍び込んでくれた八ツ手小僧こと辰三も気分がいいだろう。

さっそく近所の者たちが集まって、どんちゃん騒ぎの祝宴がはじまった。人が多すぎてとても藤四郎の部屋には入りきらないので、大家の部屋と縁側がその会場となった。

「いやぁ、浜乃ちゃんが無事で本当によかった」

「尾黒屋の奴ら、盗まれた五十両が戻ってきただけだってことも知らず、金を返してもらったと信じ込んでやがる。ざまぁみろってんだ」

「なあ、浜乃ちゃん、尾黒屋にいる間、変なことされなかったか？」

近所の者たちは上機嫌で、浜乃を囲んでめいめい好き勝手にしゃべっている。

話しているうちに感極まって、嬉し涙を流す者もいた。浜乃はその素朴な温情に少し困ったような顔をしながら、一人ずつ丁寧に応じていた。

──公儀御庭番の任務で尾黒屋に忍び込んでいただけなのに、こんなにも皆に無邪気に喜ばれちまったら、浜乃ちゃんも複雑だろうなぁ。

囲まれて質問攻めにされている浜乃の姿を遠目に見ながら、八五郎は少し離れたところに座って、独りでちびりちびりと盃を傾けていた。

「八五郎殿、具合はいかがかな」

そこにどっかりと腰を下ろしてきたのは、雲井源次郎だった。

源次郎は普段はゆるめに着物の帯を締めていて、だらしなく開いた襟からはいつも胸元がわずかにのぞいている。そんな源次郎が、ここ数日は着物を一切着崩さず、襟元を常にぴしっと閉じているのは、脇腹に晒を巻いて血を止めているのを見られないようにするためだろう。

小清河との死闘のあと、一日だけどこかで過ごし、源次郎はひょっこりと市蔵店に帰ってきた。血が足りていないのか顔色は悪かったが、立ち居振る舞いは普段とまったく変わらず、大怪我(おおけが)をしていることなど誰も気づかない。

「え？　何のことだい、旦那。俺ぁピンピンしてるぜ」

「その頬(ほお)じゃ。ずいぶんと大きな傷ではないか。よく洗って養生(ようじょう)なされよ」

そう言って、源次郎は八五郎の頬についた切り傷を指さした。

それはあの日、絶体絶命の典膳と源次郎を救おうと、思わず物陰から飛び出して大騒ぎをした八五郎が小清河の家来に踏みつけにされ、斬られてついたものだ。傷口は浅く、もう塞(ふさ)がって赤いかさぶたになりかけている。

あのときに源次郎は一柳斎として、いきなり現れた八五郎の姿を見ている。

どうしてあの場に八五郎がいたのか不思議に思っただろうが、結果としてあの場で八五郎が大騒ぎしてわずかな時を稼いでくれたおかげで、いままさに小清河の家来に斬られようとしていた一柳斎は九死に一生を得た。それゆえに、源次郎は八五郎に感謝してそんなことを言うのだろう。

八五郎としては、

「いやぁ、旦那こそ脇腹の傷、大変じゃないですか」

などと軽口で答えてやりたいところだが、あのときあの場にいたのは源次郎ではなく、面頰で顔を隠した鳴かせの一柳斎である。八五郎は源次郎の正体を知らぬことになっているので、知らぬふりを続けた。そのかわりに、

「まあ旦那、とりあえず一杯どうぞ。浜乃ちゃんを救おうと、みんな自分のできることをやったんだ。最後は八ツ手小僧が助けてくれたけどよ、俺らだって祝杯を上げても罰は当たらねえよな」

と言って、源次郎の裏にいる鳴かせの一柳斎に呼びかけた。

源次郎はまだ体調が万全ではないのか、

「いや、それがしはいま、酒はちょっと……」

と言いかけたが、フッと相好を崩すと、

「まあ、少しくらいは構わぬだろう」

と言って盃を差し出し、ぐっと一息に飲み干してにっこりと笑った。

「おう、雲井の旦那、用心棒の仕事はもういいのかい？　と言っても、浜乃ちゃんが無事に帰ってきたからもう用済みだよな」

笑顔でそう言いながら、二人の会話に割り込んできたのは辰三だ。どっかりと腰を下ろして三人で車座になる。

「親方、どうしたんでぇ、その顔」

八五郎は思わず尋ねずにはいられなかった。辰三の右目の脇に、痛々しい真っ青な痣ができている。それに、さりげなく着物の袖で隠してはいるが、辰三が手を伸ばした際に、その右腕に痛々しい切り傷があったことも八五郎は見逃さなかった。

「ああ、喧嘩だ喧嘩。俺は仲裁に入っただけで別に何もしてねぇのに、ついでに殴られた。まあいつものことだから気にしねぇでくれ」

辰三はごまかすように言うが、それは間違いなく尾黒屋に盗みに入ったときの怪我だろう。

正確な図面を手に入れて忍び込んだとはいっても、屋敷のあちこちに鳴子が仕掛けられ、犬が放たれていたのだ。それでもこの程度の傷で済み、見事に盗みをやり遂げて戻ってこられたのは、ひとえに八ツ手小僧の並外れた腕前があってのことだ。

「それよりも、どうしたんだ、八五郎、その頬の傷は」

――どいつもこいつも、自分の傷はどうでもよくて、他人の傷のことばっかり気にしてやがる。

八五郎は思わず吹き出しながら答えた。

「おいおい、雲井の旦那にも真っ先に同じことを聞かれたよ。まあこれは……喧嘩だな、喧嘩。俺も仲裁に入っただけで結局何もできなかったが、ついでに斬られた」

八五郎の意味不明な言い訳に、辰三はいぶかしげな顔をしたが、それを聞いた源次郎は思わずブッと口に含んだ酒を噴き、むせながらゲラゲラと腹を抱えて笑った。

「なんでぇそれは。刃物を持ち出すたぁ、ずいぶんと物騒な喧嘩だなぁ。こじれまくった痴話喧嘩かよ」

八五郎の返事のどこがそんなに笑えるのか、辰三にはさっぱりわからない。不思議そうな顔をしながら、普段はあまり感情を表に出さず、大笑いするところなどついぞ見たことのない源次郎の珍しい姿を、呆気に取られたように眺めていた。

それから源次郎と辰三と八五郎は、三人でひたすらに楽しく飲み続けた。

浜乃が連れ去られてから半月と少しが経つ。木々の若葉も日に日に色が濃くなり、気がつけばもう、夜中に外で酒を飲んでいても大丈夫なくらいに暖かくなっていた。梅雨に入るまでの、いまが一年で一番気持ちのいい時季だ。

誰もが家に戻っておとなしく寝る気にはなれず、庭や路地に縁台と七輪を持ち出して、誰かが歌いながら手を叩いて拍子を取れば誰かが踊り出し、宴はいつ果てるとも知れず続いた。宵闇の中に、七輪の温かい光がぼんやりといくつも浮かんでいた。

「ねえねえ、八五郎さん。ちょっといいかしら？」

そう呼びかけてきたのは浜乃だ。

近所の連中から祝杯だ祝杯だと代わる代わるに盃を差し出されていた浜乃は、顔は桃色に上気してすっかり酔っぱらっている。

「おい、大丈夫かよ、浜乃ちゃん。足元ふらふらだぞ」

「いいのいいの、ホラこっち来て」

浜乃に強引に腕を摑んで立たされ、肘に腕を回されて勝手に引っ張っていかれた。

以前の八五郎だったら、浜乃にこんなことをされた日にはもう、天にも昇るような気持ちになり、ますます酒も進もうというものだ。

だが、いまの八五郎は浜乃が凄腕の忍びであることを知っている。肘に回された浜乃の腕が、細いながらも鋼のように固く引き締まっていることと、酔っぱらいつつ男の自分の体を引きずっていてもなお、体の軸がひとつもぶれていないことのほうがどうしても気になってしまう。ほのかに感じる浜乃の髪の香りも体の温もりも、ちっとも頭に入ってこなかった。

浜乃は、長屋で祀られている稲荷の祠のところまで八五郎を引きずっていって、そばにある大きな石の上に腰を下ろした。八五郎もその隣に並んで座る。

何も知らぬ者が見れば、この流れは当然、二人はこのまま暗がりで男女の仲へとなだれ込むと思うのだろうが、八五郎には最初からわかっていた。

――それは、絶対にねえな。

浜乃がきらきらした目で八五郎を見つめながら言った。

「八五郎さん、あなたって村上様の下で働いている間者なんですってね」

ああ、やっぱりな、と八五郎はうんざりしながら答えた。

「そうだよ。藤四郎さんから聞いたんだな」

浜乃は八五郎という人物に好意を抱いているのではなく、何の取り柄もない八五郎が鳴かせの一柳斎と八ツ手小僧の正体を暴き、村上典膳が隠密影同心であることまで突き止めていたことに興味があるだけなのだ。

どこか冷めた態度の八五郎をよそに、浜乃は生き生きと八五郎に提案する。

「ねえ、八五郎さん。あなた、そんなケチな間者なんかやめて、私と一緒に公儀御庭番にならない？」

「はあ？　何言ってんだよ、浜乃ちゃん。俺は、あんたや藤四郎さんみたいな凄腕の忍びになんてなれるわけねえ」

首を大きく左右に振る八五郎を、浜乃は元気に励ます。

「ううん、絶対に大丈夫。だって、あなたにやってほしいのは闘いじゃなくて潜り込みだから。闘いは、幼い頃から体術を鍛えてる私みたいなのが全部引き受けるからまかせて」

「ええぇ……？」

「あのね八五郎さん、忍びっていうとみんな軽業師みたいなのを思い浮かべるけど、実は忍びの仕事にそんなものはほとんどないのよ。奉公人とかに化けて敵の屋敷に入り込んで、誰にも気づかれずに秘密を探ってくるっていう地味な仕事ばかりなんだから。それは、別に飛んだり跳ねたりできなくても大丈夫なのよ」

「それにしたって、俺にそんな才があるわけねえよ」

「あるわよぉ！　あなたって本当にすごいのよ、八五郎さん！」

浜乃は、ふてくされる八五郎の気持ちなどお構いなしに、盛んに褒めちぎる。

「誰にも怪しまれずに、しれっと尾黒屋の奥まで二度も潜り込んじゃうその影の薄さ。あの村上様も雲井様もすごい剣の達人だから、気配を悟られずに後をつけるのなんて、この私にだって難しいのよ。それなのに、八五郎さんって平気な顔して何度も二人の後をつけて、結局一度も気づかれなかったじゃない。この影の薄さはもう立派な才ですって！」

それは全然褒め言葉になってないと思ったが、八五郎は黙っていた。八五郎の硬い表情に気づく様子もなく、浜乃は嬉しそうにまくし立てた。

「私だって、自分が村上様と雲井様の闘いに割って入ったときに、実は八五郎さんが隠れてそれを盗み見てたなんて全然気づかなかったわ。後で藤四郎のお頭からその話を聞いたときは、少しだけ自信なくしちゃった。周りに隠れている人の気配を見落とすなんて私、物心ついた頃からずっとくノ一やってるけど初めてのことだったもん。ねえ、あのときに八五郎さんはどこにいたの？」

「あー、うん。まあそこらへんの物陰に隠れてたよ……」

「ホント、その影の薄さは潜り込むにはうってつけだわ。私が自信を持って太鼓判を押すし、お頭が推挙したら、御庭番衆のみんなも絶対に認めてくれる。だから八五郎さん、私と――」

興奮して話が止まらぬ浜乃を、八五郎は慌てて制した。

「ちょ、ちょっと待ってくれ、浜乃ちゃん。そこまで俺の影の薄さを高く買ってくれるのはありがてえけど、もうこれ以上は……」

「これ以上は？」

そこで八五郎は、情けない声でハハハ……と力なく笑った。

「いや……俺はもう『裏』はお腹いっぱいだわ、浜乃ちゃん」

「ええーっ、もったいないなぁ。八五郎さんだったら絶対に、裏の世でも十分やっていけると思うのに」

あれほどの腕前を持つ忍びなのだ。きっと浜乃の見立ては正しいのだろう。だが、たとえ自分にそんな類まれな忍びの才があるのだとしても、八五郎はもう裏の世と関わる気にはなれなかった。

裏の顔を持つために必要なのは、能力の高さではない。

表の世に暮らす、善良な人たちの前でずっと偽りの自分を演じ、もうひとつの裏の顔を隠し続けるという心の強さだ。自分にはその強さがないことが、一連の騒動を通じて八五郎には身に沁みてわかった。

「浜乃ちゃん、俺はいまのままで十分幸せなんだ。売り声にも気づいてもらえない、影の薄い棒手振りが俺には一番お似合いだ」

そう言って笑う八五郎の顔は吹っ切れたように晴れ晴れとしていて、自虐的にも聞こえる言葉のわりに、不思議なほどに嫌らしさはなかった。

「それにしても、隠密影同心に鳴かせの一柳斎、夕凪の真砂、それから八ツ手小僧……どいつもこいつも裏の顔ばっかりで、まったく嫌になるぜ。どうして江戸はこんななんだ」

八五郎がしみじみとそうぼやくと、あまりにも実感のこもったその物言いが面白かったか、浜乃は「あはは」と無邪気に笑った。

「たしかに、おぬしも此度はさんざんであったな、八五郎」

八五郎が浜乃と和やかに談笑していると、いきなり誰かが横から馴れ馴れしく声をかけてきた。話の腰を折られた八五郎は少しだけムッとして、声のほうに振り向いた。

いつの間にかそこに立っていたのは、日頃から浜乃の部屋によく出入りしている旗本の三男坊だった。

浜乃からいつも親しげに「新さん」と呼ばれているこの男のことが、八五郎はどうにも気に食わない。浜乃に対してやけに馴れ馴れしい態度を取るうえに、浜乃がそれをちっとも嫌がらないのもむかっ腹が立った。

そのくせこの三男坊は、浜乃が尾黒屋に連れていかれたときにも、浜乃のために何もしようとはしなかったのだ。それどころか、以前と変わらず藤四郎のもとにやってきては、ヘラヘラと談笑して帰っていく姿を八五郎は何度も見かけている。

——だいたいコイツ、いままで俺とはろくに話したこともなかったくせに、そのどこか人を見下すような、不躾な態度は何なんだ。

八五郎は急にむかむかと腹が立ってきた。

旗本と町人では身分が違うとはいえ、ここは深川の町だ。もとは立派な侍だった雲井源次郎も、素直に町人たちの中に溶け込んで仲良く暮らしている。相手が武士だからといって無闇にペコペコするのは、江戸っ子の風上にも置けぬ野暮な振る舞いだ。

——郷に入れば郷に従えで、そちらから勝手にこの深川に踏み込んでくる以上は、こちらのやり方に合わすのが筋ってもんだろうが。

腹に据えかねた八五郎は、酒の勢いで気が大きくなっていることもあって、新さんを相手に勇ましく啖呵を切った。

「なんでぇいきなり、馴れ馴れしい奴だなぁおめえ。いってえ何の用だ」

「いや、おぬしには一言、詫びを言うておかねばならぬと思ってな。いろいろと厄介事に巻き込んですまなかった」

「はあぁ？　なんで知り合いでもねえお前さんから、俺が詫びを入れられなきゃならねぇんだよ」

さっぱりわけがわからずいきり立つ八五郎に向かって、新さんは爽やかに微笑みながら言った。

「おぬしにとっては余のことなど与り知らぬだろうが、余にとっては天下万民が我が子のようなものであるからな」

「余？　はあ？　おいおいお前、いってえ何様のつもりだ。たかが旗本の三男坊のくせに偉そうな口ききやがって」

「此度は、余が小清河という男の本性を見抜くことができず、かような奸物を老中にまで取り立ててしまった。蓼井やら尾黒屋やら、悪党どもを好き勝手にのさばらせてしまったのも、すべては余の不徳のいたすところ。まだまだ精進が足らぬと、己の不明さに改めて恥じ入った次第じゃ」

「ちょっと待て。お前さんどうした、気はたしかか。寝言は寝て言……」

八五郎はそこで、自分の横に腰かけていた浜乃がいつの間にか新さんの足元にひざまずいて背筋を伸ばし、凛とした表情で畏まっていることに気づいた。

「……え？　おい、浜乃ちゃん、いったいどうした……って」

そこでようやく、八五郎もはたと思い当たるのだった。

「公儀御庭番の浜乃ちゃんが、そんな畏まった態度を取るってことは……まさかお前さん、いや、あなた様は……」

八五郎は慌てて、「新さん」が腰に差している刀に目をやる。

その鞘に差し込まれた笄に金蒔絵であしらわれていたのは、由緒正しき徳川家の三つ葉葵の御紋。あまりの驚きに、八五郎は口をぱくぱくさせて声も出なかった。

その様子を見た「新さん」はニコリと爽やかに笑うと、八五郎の無礼を咎めることもなく、ポンと優しく八五郎の肩を叩いた。

「人は皆、他人に言えぬ裏の顔を持って生きておる。実に愉快なものじゃな。それでは、さらばじゃ！」

そう言い残すと、「新さん」こと江戸幕府八代将軍、徳川吉宗は軽く手を挙げて八五郎に挨拶し、くるりと背を向けて夜の闇の中に颯爽と消えていった。

この作品は双葉文庫のために書き下ろされました。

双葉文庫

し-48-01

実は、拙者は。

2024年5月18日　第1刷発行
2024年11月1日　第10刷発行

【著者】
白蔵盈太

【発行者】
箕浦克史
【発行所】
株式会社双葉社
〒162-8540 東京都新宿区東五軒町3番28号
［電話］03-5261-4818(営業部)　03-5261-4868(編集部)
www.futabasha.co.jp(双葉社の書籍・コミックが買えます)
【印刷所】
中央精版印刷株式会社
【製本所】
中央精版印刷株式会社

【フォーマット・デザイン】
日下潤一

ISBN978-4-575-67199-5 C0193
Printed in Japan

金子成人　ごんげん長屋つれづれ帖【七】
ゆめのはなし
長編時代小説〈書き下ろし〉

貸本屋の与之吉が貸していた本に記された『たすけて』の文字。この出来事が、思わぬ出会いを運んできて――。大人気シリーズ第七弾！

金子成人　ごんげん長屋つれづれ帖【八】
初春の客
長編時代小説〈書き下ろし〉

行き倒れの若い女がうわ言で口にした、お勝の娘のお琴への詫びの言葉。詳しい事情を質すべく、お勝は女のもとへ向かうのだが――。

坂岡真　はぐれ又兵衛例繰控【七】
為せば成る
長編時代小説〈書き下ろし〉

父の仇を捜す若侍と出会った又兵衛。若侍の境遇に同情し、仇討ちの成就を願うが、おもわぬところから仇の消息の手掛かりを摑み――。

坂岡真　はぐれ又兵衛例繰控【八】
赤札始末
長編時代小説〈書き下ろし〉

髪結床に貼られた赤猫の火札。自身の小机に同じ火札が置かれたのをみつけた又兵衛は、老風烈廻り同心とともに火札騒動の謎を追う――。

佐々木裕一　新・浪人若さま 新見左近【十五】
公方の宝
長編時代小説〈書き下ろし〉

将軍綱吉の娘、鶴姫が疱瘡の病に倒れた。民のあいだでも恐ろしい病への不安が高じる中、左近は疱瘡騒ぎの裏の怪しい話を耳にする――。